女嫌いの竜騎将王子は聖竜王女ただひとりと番いたい

～私の正体は秘密ですが、助けた冷徹英雄から愛を捧げられています～

m a r m a l a d e b u n k o

桃城猫緒

marmalade bunko
マーマレード文庫

目次

女嫌いの竜騎将王子は聖竜王女ただひとりと番いたい
~私の正体は秘密ですが、助けた冷徹英雄から愛を捧げられています~

女嫌いの竜騎将王子は
聖竜王女ただひとりと番いたい

～私の正体は秘密ですが、助けた冷徹英雄から愛を捧げられています～

一章　乙女は恋のために

乙女は恋をしていた。

相手は西方にあるトリンギア王国の王子で、名をアルフレッドという。満月のように煌《きら》めく金髪と、深い海底のように澄んだ青い瞳が美しかった。

アルフレッドは雄々《おお》しい竜騎将《りゅうきしょう》であった。ひとたび戦争となれば小型の飛竜《ひりゅう》に跨《また》がり、先頭に立って竜騎兵たちを率いた。

飛竜を巧みに操り敵を討《う》つ剣さばきは華麗《かれい》で、乙女は彼の雄姿《ゆうし》を見て恋に堕《お》ちたのだ。

「アルフレッド様は本当に素敵だわ。あの凛々《りり》しい横顔、勇ましい戦いぶり。どんなに敵が多くても決して怯《ひる》んだりしないのよ。それになんといっても飛竜の扱いのうまさ！　よほど飛竜と強い信頼関係があるんだわ。ああ、素敵。私も飛竜に生まれてあの方と一緒に戦いたかったわ」

「ユラン様！　なんてことを仰《おっしゃ》るのですか！　ヴィリーキイ一族の聖なる血をお持ちの御身《おんみ》で低級竜になりたいだなんて……！　タランタ様のお耳に入ったらどんなに嘆

かれることか！」

側仕《そばづか》えのお小言などまるで聞こえないかのように、乙女……ユランはアルフレッドのことを想って、うっとりと溜め息をつく。そしてハッと顔を上げると「いけない、今日はアルフレッド様が遠征に出発される日だったわ！　こっそり覗《のぞ》きにいかなくっちゃ！」と背中の翼を広げ、瞬く間に洞窟から飛び出していってしまった。

そう、ユランには逞《たくま》しく大きな翼があった。体には艶《つや》めくピンク色の硬い鱗《うろこ》もあった。立派な角《つの》も、太い尻尾も、獰猛《どうもう》なかぎ爪もある。

何故なら――彼女は巨大竜なのだから。

人は太古の昔より、竜と共存してきた。

竜は人にとって家畜であり、ときに敵であり、そして畏怖《いふ》の対象であった。

長い歴史の中で人が竜に襲われたという伝承《でんしょう》もあれば、人が竜を倒し宝を奪ったという逸話《いつわ》もある。

そのような時代も確かに存在したのだろう。しかし現代では、人と竜は争いを避《さ》け互いの世界に干渉しないようにしている。関わっているのは家畜の小型竜だけだ。

竜には階級がある。低級竜は小型で知能もあまり高くない。有翼《ゆうよく》のものは馬のように移動に使われたり、力の強いものは牛のように農耕に使われたりする。大きさもそれらの動物とほぼ同じだ。昔から人と共に生きてきたせいか、攻撃性は低く人の命令によく従う。

中級竜は家屋《かおく》と同じくらいの大きさがある。その大きさと力から人が飼い慣らすことは難しく、家畜化しなかった。そのため低級竜より凶暴で自分の領域に侵入してきた人間は、容赦《ようしゃ》なく襲う。個体差はあるが大体が火を噴ける。竜退治の英雄譚《えいゆうたん》に出てくる竜は、ほとんどがこの中級竜だ。森の奥や深い谷に住んでいるものが多く、自ら人の前に現れることは少ない。

上級竜は中級竜と同じ大きさではあるが、非常に知能が高く人間と言語で意思疎通《そつう》ができる。個体数は少ない。古来より人に知恵や恩恵をもたらす竜として崇《あが》められているのは、この上級竜である。ただし現代では滅多《めった》に人間の前に姿を見せない。

そして竜たちの頂点に君臨《くんりん》するのが、竜の王とその血族・ヴィリーキイ一族である。

ヴィリーキイ一族の体躯《たいく》は非常に巨大で、上級竜の五倍から二十倍といわれている。知能は高くあらゆる人間の言語を操り、自然を網羅《もうら》する知恵はまさに神の如《ごと》く。六、七百年生きる長命で、戦闘力も非常に高い。高貴な鱗は火山のマグマにも耐え、その咆哮《ほうこう》は大嵐を呼ぶという。

知と力に優れた美しいヴィリーキイ一族のことを、人々は聖竜と呼んだ。長い歴史の中でも目撃例は数えるほどしかなく、もはや伝説に近い。しかしひとたび姿を現せばその尊い力で闇を祓《はら》い人々に光を授《さず》けるとして、聖竜は各国で崇められていた。

恋する乙女ユランは、まさしく由緒《ゆいしょ》正しきヴィリーキイ一族の王女であった。

今年で百八十歳になったユランは人間でいうところの成人、十八歳にあたる。五人姉妹の末っ子のせいか非常に人懐《ひとなつ》っこい性格をしており、好奇心旺盛《おうせい》だ。

偉大な力を持つヴィリーキイ一族は人との諍《いさか》いを避け神聖性を保つため、人間に姿を見せることを禁じている。人々が暮らす大陸から遠く離れた火山島の洞窟で暮らす彼らは、ほとんどが島とその周辺だけで生涯を終える。

しかしユランは一族の言いつけを破り、大海原《うなばら》を悠々《ゆうゆう》と飛んで渡り人間の姿を覗き見るのが好きだった。

人間は面白い。数も多いし寿命が短いから目まぐるしく動き、常に騒動を起こしている。北の海では船同士が戦い、南の大陸でも大勢が武器を持って戦っている。かと思えば東の村では男女の番《つがい》が人々に祝福を受けていたり、西の広場では男女が夜通し踊り明かしていたりした。

長い寿命を小さな島でのんびり暮らすヴィリーキイ一族の竜からすれば、人間の生活はまるで物語の連続だ。見ていて飽《あ》きない。

こっそり覗き見ていたつもりだが何度か姿を目撃されてしまい、騒ぎになってしまったこともあった。父であるタランタ王からはこっぴどく叱《しか》られたが、そんなことでユランの好奇心は萎《しぼ》まなかった。

そんなある日のこと。いつものようにユランが山の陰からこっそり平原を覗いていると、ちょうどどこかの国が戦争をしている最中だった。

かたや万を超える槍兵の大軍で、大砲という近年開発された強力な火器を有している。対するは僅か三千足らずの騎兵だ。しかし彼らが跨がるのは馬ではなく、翼を持つ小型竜だった。

ユランは戦いの行方《ゆくえ》をハラハラして見守った。どう考えても騎兵が不利である。数でも圧倒的に負けているし、そもそも騎兵は槍兵と相性が悪い。そのうえあちらには大砲という強力な火器があるのだ。

ユランとしては同胞である竜のいる部隊を応援したい。しかしこのままでは竜騎兵は全滅してしまうのではないかと心配で、隠れていたトネリコの大木に思わず爪を立てながら見守っていると、ユランの目の前で信じられないことが起こった。

先頭に立っているのは大将だろうか、兜に羽飾りのついた竜騎兵がいる。彼は跨がっている飛竜を矢のように直進させると、飛んでくる大砲の弾に臆《おく》することなく、猛烈な勢いで大軍の中央へと突っ込んでいった。

その手綱《たづな》さばきは見事で、何十という大砲の弾を縦横無尽《じゅうおうむじん》に躱《かわ》していく。まるで飛竜と一体化しているみたいに。

彼は槍兵の武器が届かない高さまで飛翔すると、手にしていたクロスボウで最奥にいた敵の大将を仕留めた。瞬《またた》く間の出来事に唖然《あぜん》としたのは、ユランだけでなく敵兵もである。

大将が討たれ混乱に陥《おちい》った敵の軍を、彼は今度は華麗な剣さばきで倒していった。飛竜が敵兵の間を滑《すべ》るように飛び、剣が光る弧となって敵を打ち払う。

あまりに鮮やかな姿にユランは釘づけとなった。ユランの大きな心臓がドゴンドゴンと激しく高鳴る。手に力が籠《こ》もりすぎて爪を立てていたトネリコの木が倒れてしまったが、みんな激しい戦いでそれどころではなかったので気づかれなかった。

戦いは竜騎兵側の圧勝だった。彼の戦い方も一騎当千《いっきとうせん》に値するものだったが、他の兵士たちも飛竜の扱いが巧みで統率が取れていた。

敵兵がすっかり退却してしまうと、彼は飛竜を地面に下ろし兜を脱いだ。顔を覆《おお》っていた兜から現れたのは、夕陽に煌めく黄金の髪、深海の青を閉じ込めた瞳、豪胆《ごうたん》な戦い方をした姿からは想像もつかない繊細《せんさい》な造形《ぞうけい》の美貌《びぼう》であった。

この瞬間、ユランは生まれて初めての恋に堕ちた。まるで生まれ変わったように瞳に映る世界が輝きだし、夢心地のような多幸感に包まれた。百八十年生きてきて初めての経験である。

「……はぁあぁ～……素敵……」

ユランは思わず熱い溜め息を零し、その場にへたり込んだ。そのとき、竜騎兵のひとりが森の隙間《すきま》に巨大なピンク色の影が蠢《うごめ》いているのを見つけて叫んだ。

「おい！　あそこに何かあるぞ！」

たちまち竜騎兵たちはざわめき、こちらを警戒し始めた。

「あ、マズいわ。逃げなきゃ」

ただでさえ人間に姿を見られてはいけないのに、さらに接触するようなことになれば父が激怒する。もっと愛しの彼を眺めていたかったが、やむを得ないと思いユランは翼を羽ばたかせ周囲の木をなぎ倒しながら空へ舞い上がる。

「りゅ……竜だ！　デカいぞ！」

「なんだあの大きさは!?　まさか……聖竜!?」

「聖竜様が我らを勝利へ導いてくださったのか……？」

竜騎兵たちの畏敬の眼差《まなざ》しを浴びながら、ユランは海へ向かって飛び去っていく。悠々と大空を行く巨大でしなやかな肢体は、夕陽を浴びて鱗を光らせている。ユラン自慢のピンク色の鱗はまるでブーゲンビリアの花のように鮮やかで、愛しの彼がそれを眩《まぶ》しそうに見つめていたことを、ユランは知らない。

ユランはすっかり恋の病にかかってしまった。

一日に何度も彼を想っては溜め息をつき、食事も喉《のど》を通らない。大好物のマッコウクジラが食卓に上ったときでさえ、半分しか食べられなかった。

「ユランってば、どうしちゃったの？」

「ユランがクジラを残すなんて大事件よ」

「脱皮は済んだばかりよね。牙でも折れた？」

「みんな、騒がしくしては駄目よ。ユランだってもう年頃なんだから、悩みのひとつやふたつくらいあるわ」

四人の姉も、元気のない妹を心配している。洞窟の隅っこにあるお気に入りの洞穴《ほらあな》で物思いに耽《ふけ》っていたユランは、意味深な溜め息を吐き出してから口を開いた。

「お姉様、私……どうやら恋をしてしまったみたいなの」

「こ、恋⁉」

妹の言葉に、姉たちは大きな衝撃を受けた。何故なら聖竜にとってそれは非常に縁遠い言葉だからだ。

聖竜は雌雄《しゆう》の別はあるが単為生殖で、雄でも卵を生む。よって発情期もなければ番を見つける必要もない。さらに、寿命が長く生命力が強いせいか生殖本能が薄く、王しか卵を生まないのが長い歴史の慣例だった。姉たちも王位を継ぐ長女以外は誰も卵を生まないだろう。

ユランには一応母と呼んでいる上級竜がいるが、血は繋がっていない。正確には育ての母だ。人間でいうところの養母や養育係に近い。ただしユランも姉たちも父も、彼女を本当の家族のように思っている。生殖本能に結びつく恋愛感情とは無縁でも、家族愛や友愛は備えているのである。

そんな生態をもつ聖竜にとって、ユランの発言は驚くべきものだった。聖竜が恋をしたという記録は五千年前に一度あったきりだ。

姉たちは大きな口をさらにポカンと大きく開けたあと、みんなで顔を見合わせた。

「こ……恋ってあれよね？　発情期のことよね？」

「ユランに発情期が来たの？　どうしましょう、お父様なら治せるかしら」

「まさか、冗談でしょう？　聖竜は他の竜と違って番う必要がないのだから発情期もないのよ。何かの間違いだわ」

「ユランは人間が好きでよく観察してるから、きっと真似《まね》をしてみたくなったのね。発情期……恋をしてる気分を味わってみたかったのよね？」

ざわつく他の姉と違い、長女のセホが小首を傾《かし》げて優しく尋ねる。しかしユランは頭をブルブルと振ると「違うわ、本当に恋をしているの」と前脚《あし》で胸を押さえた。

「あの方を想うと心臓がぎゅっと苦しくなって、尻尾がビリビリして、幸せだけど泣きたいような気持ちになるの。これは発情期ではなく恋よ。物語でよく聞いたから知っているわ。寝ても覚めてもあの方のことで頭がいっぱいで、他に何も考えられないんだから。ああ、あの方とお近づきになりたい。お話がしてみたい……」

いつも人一倍溌溂《はつらつ》としている妹が真剣にしんみりと語っているのを見て、姉たちはこれが冗談ではないことを悟った。そして聖竜が恋をしたという五千年ぶりの大事件に、改めて驚愕《きょうがく》する。

「た、大変だわ。やっぱりお父様に相談するべきよ」

「お母様にもお話ししましょう、きっと力になってくれるわ」

「そうよ、悪いことではないわ。その上級竜には側仕えになってもらえばいいわ」

「待ってちょうだい。まずはお相手のことを知らないと。ユラン、その方はどなたなの？　この島の者？　それともよその島の竜？　まさか中級竜ではないわよね」

姉たちはユランの想い人が上級竜だと思い込んでいる。五千年前の希少な前例のときも相手は上級竜であった。むしろそれ以外はあり得ないはずだ。動物に近い低級竜は論外だし、知能の高くない中級竜が聖竜の恋の相手に相応《ふさわ》しいとは思えない。

しかしユランの答えは姉らの予想の遥か斜め上のものだった。

「中級竜でも上級竜でもないわ。人間よ。とっても強い人間の竜騎兵の方なの」

「……は？」

姉たちは耳を疑った。何度も目をしばたたかせ、聞き違いではないかとユランの次の言葉を待つ。

「きっと西国の方ね。とても美しい金色の髪をしていたわ。兜には立派な羽飾りがついていたから偉い立場の人なのかも」

ユランが頬を染めうっとりと語っていたときだった。

「ユラン様、こんなとこにいらしたのですね！　ああ、疲れた。ご命令の件、探って参りましたよ」

側仕えの上級竜、シーシルがドタバタと走ってきた。そして姉竜たちが集《つど》っていることに気づき「あらあら、セホ様方。ご機嫌麗《うるわ》しゅう」とペコリと挨拶《あいさつ》した。

「シーシル！　待ってたわよ！　それで、どうだったの！」

ユランはシーシルの肩らしき腕の付け根をがばっと掴《つか》み、急《せ》き込むように揺さぶる。

シーシルはグラグラ揺れながら「あの……ここでは皆様が」と口籠《くちご》もったが、ユランは「お姉様たちは大丈夫よ。たった今打ち明けたところだから。さ、早く早く」とさらに彼女を揺さぶった。

すっかり目を回したシーシルはユランの手から逃げ、ひとつ咳払いをして気を取り直してから胸を張った。

「えー……ユラン様の証言から例の人間の殿方は、大陸西方トリンギア王国の第二王子、アルフレッド・ジャンメール殿下だと思われます。アルフレッド様は王国竜騎兵団の騎将を務めてらっしゃり、御年二十三歳だとか」

「アルフレッド様！　あの方はアルフレッド様と仰るのね!!　なんて素敵なお名前！でかしたわシーシル！」

ユランは喜びのあまり前脚で万歳《ばんざい》し、その場でドスドスとジャンプする。重量感のある聖竜の舞いに、洞窟の地面がグラグラ揺れた。

褒《ほ》められたシーシルはますます胸を張り、得意げに鼻から息を吐き出す。身動きのとりにくい聖竜と違い、上級竜が人間の情報を集めるのは易《やす》い。ユランが見かけた金髪の英雄騎士のことも、周辺の中級竜や低級竜のネットワークを使えばすぐに身元がわかった。もっとも、彼は大陸で名を馳《は》せる有名な竜騎将だったので噂《うわさ》を集めやすかったというのもあるが。

「それに王子様だなんて！　やっぱりあの方は高貴な方だったのよ、素敵！」

恋した相手の身分も所属も完璧で、ユランは嬉《うれ》しさのあまりクルクル回る。姉たちは大はしゃぎする妹をポカンと見ていたが、やがて声を揃《そろ》えて「に、ににににに人間ッ⁉」と絶叫したのであった。

ユランはそれからも大陸へ飛んでいっては、アルフレッドを観察した。シーシルが小型竜を使ってさらに彼の情報を調べてくれたおかげで、詳細なスケジュールも把握できるようになったのだ。

アルフレッドが北へ遠征に行くと知れば山陰に身を潜《ひそ》め見守り、東の砂漠を渡るときには砂に埋もれて彼の隊を見つめた。

相変わらず彼の活躍は凄まじく、ユランはその雄姿に惚《ほ》れ惚《ぼ》れした。初めは人間に恋をしたなどとのたまう妹の正気を疑い大反対した姉たちも、一年が経《た》つ頃にはあまりに健気《けなげ》な妹の姿に心打たれ応援するようになっていた。

何せ見返りのない恋だ。竜と人とでは逆立ちしたって番《つが》えない。それどころか聖竜は人間と接触してはいけないのだから、名乗ることすらできないのだ。それなのに身を隠しひたすらアルフレッドを見つめ胸ときめかせるユランは、あまりにもいじらしすぎた。

応援してくれているのは姉だけではない、側仕えのシーシルもだ。シーシルはユランに三十年以上仕えてくれている頼りになる淑女で、少し口煩《うるさ》い。それこそユランが島の外へ行くときもアルフレッドに恋をしたときも最初は猛反対して小言ばかりだったが、今ではすっかり絆《ほだ》されて協力してくれている。

姉たちもシーシルも、結局は純真で前向きなユランに甘いのだ。養母はもともとおっとりした人で子供たちの味方であり、唯一厳しいのは父タランタ王だけといえよう。

タランタはユランが自分の目を盗み島の外へ行っていることは知っているが、彼女が人間に恋をしていることまでは知らない。姉たちもさすがにこんな珍奇な一大事は報告できなかった。もし父の知るところとなれば、ユランは気がふれたと思われ地下深くに閉じ込められてしまうかもしれない。さすがにそれは可哀想だと、皆が口を噤《つぐ》んだ。

そんなわけで父タランタ王だけが知らぬままユランの恋は日々募《つの》り……ある日、運命どころか歴史を変える大事件が起こる。

それは、暖かい春の日のこと。

「アルフレッド様のお船はどこかしら～」

ユランはいつものようにアルフレッドを見つめるため、島を出て大海原を飛んでいた。

シーシルの集めた情報によると、アルフレッドは三日前から所用で国を発《た》ち船旅をしているそうだ。海上では身を隠す場所がないため、ユランは空高く飛び雲の上から隙間を覗いて船を探す。しかし。

「……？　おかしいわね、雲が低いわ。それになんだか辺りがチカチカする」

ユランが異変を感じ取ったと同時に、海面が大きく白波を立て始めた。強風だ、波が荒れ始めている。

「嵐だわ！」

ユランはようやく自分の隠れていた雲が、雷雲だと気づいた。発達した雷雲はゴロゴロと重い音を立てて光りだし、途端にザアザアと大粒の雨を落とした。あっという間に辺り一面は大しけとなって、海は怒りくるったように暴れている。

大風も大雨も雷も、聖竜であるユランには屁でもない。鱗は雷を通さないし、聖竜の翼は風に流されるほどヤワじゃない。しかし人間如きの船では、この嵐はひとたまりもないだろう。

「大変！　アルフレッド様の船は無事かしら！」

ユランは雷雲の中を突っ切りながら、海上をあちこち探した。そしてようやく、大海原の真中で荒れる波に翻弄《ほんろう》され今にも沈没しそうな帆船《はんせん》を見つけた。

帆の先端で強風に煽《あお》られちぎれそうになっている旗には、シーシルが教えてくれたトリンギア王国の紋章が描《えが》かれている。間違いない、アルフレッドの船だ。

突然の嵐に船上はパニックのようだ。帆を畳《たた》もうと水夫だけでなく兵士たちもずぶ濡れになってロープを引き、波に打ちつけられ船体が傾くたびに人が海に放り出されそうになる。

「船首を西へ！　早くシーアンカーを打つんだ！」

声を張り上げ指示を出しているのはアルフレッドだ。彼は豪雨が打ちつける中、船長と共に舵輪《だりん》を押さえ船首を風上に向けようとしている。

彼の姿を見つけたユランは、どうしようとアタフタする。助けにいきたいのはやまやまだが、さすがにそれはマズい。接触どころか聖竜が特定の人間を助けたことが知れたら、人間界も竜界も大騒ぎになり秩序が乱れかねないだろう。

「ああ～どうしよう、どうしましょう。えいっ、もうっ、この嵐め！　どっか行きなさいよ！」

ユランはジタバタして雷雲を蹴《け》散らそうとするが、さすがにそれで嵐全体は治まらない。父ほどの力があればどうにかなるかもしれないが、未熟な小娘のユランでは無理な話である。

そうこうしているうちに、アルフレッドの船を凄まじい巨大波が襲った。八メートルはあるだろうその波は、船を抱き込むように呑み込んだ。海上からは刹那《せつな》白波以外のものが消え、それから藻屑《もくず》となった船の一部や人の影が波間に点々と浮かんだ。

「きゃあああああ！　アルフレッド様あ‼」

ユランは青ざめた。急降下して彼を助けにいこうとしたが、『人が自然の脅威《きょうい》の犠牲になるのはこの世界の理《ことわり》である』という父の言葉を思い出して留まる。聖竜が人と自然の関係に私情で介入してはいけない。……しかし、それでも。

「ルールも伝統も知ったこっちゃないわ！　命が第一！　お父様ごめんなさい！」

恋する乙女は止められない。ユランは雲を突き破り、風のような速さで船の沈んだ付近の海上へ下りていった。

「どこ⁉　どこなのアルフレッド様あ！」

呼びかけても返事はない。風と雨と雷の音で聞こえないのか、はたまた返事などする余裕がないのか。海上は目まぐるしく揺れていて、白波なのか藻屑なのか人なのかもよくわからない。人影を見つけたかと思うとすぐに沈んでしまい、アルフレッドかどうか見極められなかった。

「ああもう、面倒だわ！」

ユランは覚悟を決めると海にザンブと飛び込み、大口を開けて海水ごと辺りのものを呑み込んだ。竜は体内に収納器官を有し、宝を腹の中に隠す習性がある。巨大な体躯を持つ聖竜の収納器官は巨大で、中型の船が丸ごと入るほどだ。

ユランはさらに前脚で辺りのものをかき集めて胸に抱え、そのまま海面に飛び出す。猛スピードで三分ほど飛んだところに、島とも呼べないような岩場を見つけた。そこに胸に抱えたあれこれを下ろし、収納器官に詰め込んだあれこれを吐き出す。背中のひれや尻尾に引っかかっていたあれこれも下ろした。

あれこれの内容は人間、船に積まれていた小型竜、船や荷物の残骸だった。生き物は皆気を失っていたが、息はある。しかしその中に捜していた人物の姿が見当たらず、ユランは同じことをさらに二度ほど繰り返した。

そして海中に人間と小型竜の影がすっかりなくなった頃、ようやく捜し人の姿を見つけた。

「あああああ、アルフレッド様あ‼」

収納器官から吐き出した人の中にアルフレッドを見つけ、ユランは大粒の涙を流して喜んだ。しかし生きてはいるものの救出に時間がかかったせいか、呼吸が弱い。

ユランはためらうことなく自分の前脚を爪で裂き、流れた血をほんの少しだけアルフレッドの口に落とした。聖竜の血は妙薬であり、どんな怪我や病気も治す。真っ白だったアルフレッドの顔色にみるみる紅が差し、ユランはホッと安堵《あんど》の息を吐く。

嵐はようやく収まってきた。上空から確認してみたところ近くに港町があり、船が停泊している。すぐにこの岩場も見つかるだろう。

本当はアルフレッドが目覚めるまで甲斐甲斐《かいがい》しく世話を焼きたいが、そうもいかない。ここにいれば目を覚ました者たちに目撃され、ユランが救出したことがバレてしまう。

「アルフレッド様。あなたを助けたのは偶然の大波です。決して聖竜ではありません」

そう呟《つぶや》いてユランは翼を広げ飛び去る。自分のことを彼に知ってもらえないのは淋しいが、仕方がない。命が助かっただけで十分だ。

嵐の去った雲間からは日が差し、光の柱を海に何本も立てている。

ユランは空高く舞い上がり、光を抱く雲の中へと消えていった。


それから三日後。

トリンギア王国の帆船は嵐に遭《あ》い沈没したが、アルフレッド王子はじめ乗組員は皆無事だったというニュースが、トリンギア王国と周辺国で話題になった。

その情報をシーシルから聞いたユランは、改めてホッと胸を撫《な》で下ろす。あのとき禁を破ってでも彼を助けて本当によかったと思う。……しかし。

「アルフレッド王子をお助けしたのは、ドワイランド王国の船と王女カトリーヌだそうです」

「誰よそれ⁉」

アルフレッドを助けた功績《こうせき》をどこの誰とも知らぬ人間に横取りされ、ユランは目を剥《む》いて叫んだ。

シーシルの集めた情報によると、ドワイランド王国という国の貿易船が、嵐の日に偶々《たまたま》アルフレッドの船が難破しているのを見つけ、船員総出で助けたのだという。そのとき船に同乗していた王女カトリーヌは懸命《けんめい》にアルフレッドを救護し、彼女の人工呼吸で息を吹き返したとかなんとか。

「トリンギア王国は、王子の命の恩人だとドワイランド王国の船員たちを英雄のように称《たた》えています。特にカトリーヌ王女の愛が王子を目覚めさせたのだと、その話題で持ちきりです。トリンギアの国王も大いに感謝し、カトリーヌ王女をアルフレッド様の番にさせようとトリンギア王宮に住まわせているそうですよ」

「はぁっ⁉」

シーシルの言葉を聞いて、ユランは眩暈《めまい》がしてくる。

ユランはアルフレッドを助けたことを誰かに誇示《こじ》する気はない。そもそも聖竜は人と関わってはいけないのだ、むしろ知られては困る。

けれどもだからといって手柄を丸っと横取りされて、いいわけがない。

ユランといえど嵐の中を往復して助け出すのはそれなりに苦労した。それをどこの馬の骨ともわからぬ者に奪われ、聖竜の血の力を勝手に小娘の愛に仕立て上げられ、挙げ句の果てには王宮住まいでアルフレッドとお近づきになれる機会まで与えられるなど、全くもって解《げ》せない。

「何よ！　何よ何よ！　アルフレッド様を助けたのは正真正銘《しょうしんしょうめい》私よ！　人間があん

な嵐からどうやって彼を救い出せるっていうのよ！　何が愛よ！　キーッ許せなぁい！」

ユランはドタンバタンと地面を踏み鳴らし、尻尾でビタンビタンと地面を叩く。洞窟はグラグラと揺れ地面にはヒビが入ったが、ユランの怒りは収まらなかった。

「ユラン様、やはり人間などに恋をするべきじゃありませんわ。人間はおろかです。聖竜であるあなたには相応しくないのです」

シーシルはそう説いて溜め息をついた。ついユランを甘やかし協力してきたが、ドワイランドの話を聞いてやはり間違っていたと思った。卑劣《ひれつ》なドワイランドの王女も、陳腐《ちんぷ》な嘘《うそ》を見抜けないトリンギア国王も、じつにおろかだ。人間に失望したシーシルは、こんな矮小《わいしょう》な存在にユランを関わらせるべきではないと改めて思った。

しかし、まっすぐなユランは人間のおろかさを見下す心を持たず、ただひたすらに傷ついている。

「ずるいずるい、人間というだけで嘘をついてアルフレッド様のお側にいられるなんて！　私だってトリンギアの王宮に住みたいわ！　私も人間がよかった！　そうすればきっとアルフレッド様と仲よくなれたのに！　聖竜なんて大きいし強いけど可愛くないし、アルフレッド様とお喋《しゃべ》りできないし、全然いいことないわあああん！」

憤《いきどお》って暴れていたユランは、ついに涙を溢《あふ》れさせて泣きだしてしまった。大粒の涙がボタボタと地面に落ちて水たまりを作る。

オイオイ泣く主《あるじ》を見て、シーシルは顔色を変えて慌《あわ》てた。人間に介入したところで所詮《しょせん》報われないのだと愛想を尽かしてほしかったのに、ユランの悲しみは想像以上だった。

シーシルは昔から末っ子ユランの涙に弱い。この天真爛漫《てんしんらんまん》な姫君の笑顔が曇ると、自分がどうにかしてやらねばという義務感に駆られるのだった。

「ああ、ユラン様、そんなに泣かないでください。私まで悲しくなってしまいます」

「だって、だって、こんなの酷《ひど》いわ。悔しいわ、悲しいわ」

「私が、ええ、この私がきっとなんとかしてみせましょう」

「なんとかって、どうやって？」

「ええと、ええと……ああ、そうですわ！　深層の魔石様に相談しましょう！」

うっかり口走ってしまったシーシルはすぐに後悔したが、遅かった。ユランは涙を吹き飛ばし、「魔石様！　その手があったわ！」と瞳を輝かせている。

深層の魔石様とは、その名の通り洞窟の奥深くに鎮座《ちんざ》している魔法の水晶のことだ。竜の誕生より前から在《あ》ったといわれているその水晶は、知力を司《つかさど》り、過去も未来も全て見通し、わからぬことはないと伝えられている。ヴィリーキイ一族の王は大きな問題に直面し決断に惑《まど》うとき、魔石様に進むべき道を示してもらう。しかしここ四百年は平穏な日々が続き、魔石様の出番もなく地下深くに眠ったままだ。

そんな忘れかけていた伝説の水晶のことを思い出し、ユランの顔は希望に満ち溢れた。魔石様はずっと竜の味方で、聖竜の道しるべであった。きっと今回もいい教えを授けてくれるに違いない。会ったことはないけれど。

「早速行ってくるわ！」

ユランはドスドスと駆けていくと、洞窟の中心にあるマグマへと飛び込んだ。火道《かどう》をずっと下まで進んだ奥深くに、魔石様はいるのだ。

「ああ、ユラン様！　お待ちを！　あちち！」

いくら竜の鱗が硬いとはいえ、マグマの中に長時間いられるほどではない。全く平気なのは聖竜だけだ。

シーシルは追いかけようとしたが途中でマグマの熱さに耐えきれず飛び出し、不安な眼差しでユランの行く末を見守るしかなかった。

「ぷはっ！　初めて来たけど最深部ってこんなに深いのね」

マグマ溜まりを抜けたマントル上部に、その空間は存在した。とても大きな空洞だ。マントルは三千度を超える高温のはずなのに、その空洞はやけに涼しく、そして不思議な青い光に包まれていた。

　空洞の中には何もなく、ただポツリと真ん中に六角柱状の大きな石英が生えている。これが魔石様に違いない。ユランは早速駆け寄って話しかけた。

「魔石様。ヴィリーキイ一族の末娘、ユランでございます。どうか私をお導きください」

　魔石はしばらくなんの反応もなかったが、やがて中央が火を灯したように光りだし、瞬きに合わせて美しい声が聞こえた。

「私は世界を知るもの。この世の竜のため、正しい知恵を授けましょう」

「わあ、喋った！」

　竜語を話す魔石様にユランは驚きと共に感動した。疑っていたわけではないが、やはり鉱石が喋るのを目《ま》の当《あ》たりにすると神秘性を感じる。

　ユランは背筋を伸ばし改めて畏《かしこ》まると、魔石様に向かって尋ねた。

「私は恋をしております。相手は人間、トリンギア王国のアルフレッド王子です。強くて、勇ましくて、とても美しい人で……けど私は竜だから、どんなにお慕いしてもあの方に近づくことはできません。どうしたらアルフレッド王子のお側にいられるでしょう？　私だってトリンギアの王宮で暮らして、毎朝アルフレッド様のお顔が見たい！　愛の力で助けたって、アルフレッド様に褒められたい！」

最後のほうは相談というよりも願望が混じってしまったが、ユランは胸の内を全て打ち明けた。

聖竜が人間に恋をするという驚愕の事態にも関わらず、魔石様は静かにユランの話を聞き優しく光を放つ。そして驚きの答えを告げた。

「人間の側にいたいのですね。それなら方法はひとつ……あなたも人間になればよいのです」

「に……人間に⁉　私が⁉」

何かと破天荒《はてんこう》なユランでも、さすがにその発想はなかった。目を大きく見開き、何度もパチパチとしばたたかせる。

「で、でも、そんなことできるのですか？」

ユランは自分の大きな体を見回した。人間の何十倍もあるこの体で、いったいどうやってあの小ささに化けるというのだろうか。すると魔石様は一段と強く光り輝き、きっぱりとした口調で言いきった。

「努力です！」

「努力!?」

ユランは衝撃を受けた。世の中、為《な》せば成《な》る。泣いて悩んでいるだけでは一歩も進めない、努力すれば道は開けるのだ。

「わ……私、アルフレッド様を想うばかりで努力が足りなかったのね！　恥ずかしいわ！　魔石様、私やります。頑張って人間になって、必ずや愛しのアルフレッド様のお側へ参ります！」

ユランの心は決まった。視界が晴れたような清々《すがすが》しい気持ちだった。

百八十歳ともなれば、もう成体の仲間入りだ。自分で自分の生き方を決めていい。家族に囲まれた古巣から飛び出し、人間の世界で生きようではないかとユランは心に強く思った。

「では教えてください、魔石様！　人間になるためにはどんな努力をすればいいのかを。私、どんな困難だって乗り越えてみせます！」

魔石様がユランに課したのは、なかなかの難題だった。まずはその大きな体を可能な限り縮めること。ユランはこの日から水も食事も口にしない断食《だんじき》生活に突入した。

竜は体に大量のエネルギーを蓄《たくわ》えているので飢え死ぬことはないが、それでもお腹は空くし体力は減っていく。

そして何より人間になりたいと強く願うことだった。人間になった自分を思い描く修行は、もはや瞑想《めいそう》に近い。

食事も摂《と》らず日がな一日瞑想に耽っているユランを、家族は当然心配した。

「ユランってばどうしちゃったの？　それも恋煩《わずら》いというもの？」

「前にもましてご飯を食べなくなってしまったじゃない、体を壊すわ」

「お父様もお母様も心配しているわよ」

「ユラン？　聞いているの？　ああまた瞑想に入ってしまったわ」

いつもの洞穴で静かに目を閉じている妹に、姉たちが不安そうに声をかける。

「ユラン様、私が悪うございました。だからどうかお食事を摂ってくださいませ」

ユランがおかしくなったのは魔石様のもとから帰ってきてからだ。シーシルは大いに責任を感じ、泣きそうなほどオロオロしている。

皆がやいのやいのと心配していると、瞑想していたユランはそっと瞼《まぶた》を開けた。そして皆を安心させるように淡く微笑《ほほえ》む。

「心配しないで。私、人間になるための努力をしているの」

「に……？　はぁ!?」

突拍子《とっぴょうし》もないことを言いだしたユランに、その場にいた姉たちとシーシルが素《す》っ頓《とん》きょうな声を上げる。

ユランは魔石様に告げられたことを話した。アルフレッドの側に行くには人間になるしかなく、これはそのための努力なのだと。

妹の恋は温かく見守ってくれた姉たちだったが、さすがにそれは全員が反対の声を上げた。

「何を言ってるの⁉　ヴィリーキイの血を捨てる気⁉」

「人間になるなんて危険よ！　すぐに死んでしまうんだから！」

「考え直して、ユラン。さすがにそれは間違っているわ」

「ああユラン、いい子だからこれ以上みんなを心配させないでちょうだい」

もはやシーシルに至っては泡を吹いて倒れてしまった。聖竜が人間になるということは、それほどまでに前代未聞《ぜんだいみもん》、あり得ないことなのだ。

しかし当然ユランの心は揺るがない。ユランはもともと外への好奇心も自立心も強いのである。人間になることに恐怖はないし、何より愛しのアルフレッドと同じ目線で言葉を交わせると思うと希望しかなかった。

「私の生き方は私が決めるわ。お姉様たちだって、いいえ、たとえお父様だって私を止められないんだから」

頑《かたく》なななユランに姉たちもお手上げだ。さすがに今回ばかりは止めざるを得ず、父であるタランタ王に報告をした。

「ユラン！　人間になるなどと血迷ったことを言っているのは本当か⁉」

話を聞いたタランタ王は小山のような巨体を揺さぶってユランのもとへ駆けてきた。洞穴で瞑想していたユランは驚いたように目をパッチリ開けたが、固い決意を籠めた口調で「本当です。お父様、私は人間になります」と返した。

タランタ王は一瞬眩暈がしてよろけそうになる。末娘は昔から自由奔放《ほんぽう》で手を焼いたが、それでも己《おのれ》がヴィリーキイの一族である自覚はあるものだと信じていた。それなのに、まさかここまでしていいことと悪いことの見境がなかったとは。

「たわけ‼　お前は聖竜なのだぞ！　その尊い血と体を捨てるつもりか！」

誇り高く竜の歴史を重んじるタランタは怒り心頭《しんとう》だ。その怒鳴り声はもはや咆哮に近く、洞窟全体がビリビリと揺れる。マグマまでが爆発を起こし、近くの火口では小噴火が起こった。

父の本気の怒りにユランもゾワリと鱗を逆立てたけれど、グッと身じろぎするのを耐えて父を見据《みす》えた。

「お父様でも止められないわ。私の生き方は私が決めるの。たとえそれで後悔する日が来たっていい。泣く日があるのも覚悟のうえよ。私はこの島では一生見つけられない素晴らしい宝を見つけた。恋は黄金なんかよりずっと輝いているわ。私は自分の命も運命もかけて、この宝を追い求めていきたいの。それが私の生きる道と決めたの」

娘のあまりに固い決意に、タランタ王のほうが刹那口を噤む。怯むことなく父をまっすぐに見つめ返す瞳からは、おろかな理想だと一喝《いっかつ》できない何かを感じた。そのとき。

「まあまあ、ふたりとも。落ち着いてくださいな」

「ティアマト……」

「お母様！」

ヒートアップするふたりの間に割って入ったのは、ユランの養母であるティアマトだった。ティアマトは断食のせいで随分《ずいぶん》体が縮んでしまったユランの顔を、前脚でそっと包む。

「ユラン、小さくなってしまったわね。体はつらくない？　お母様はあなたの健康が心配だわ」

「大丈夫よ、お母様。でも心配かけてしまってごめんなさい」

「人間になるのはとても苦しくて大変なのね。そしてきっと人間になってからはもっと大変なのだわ。だって人間は竜より脆《もろ》くて弱くて、そして竜よりずっとおろかな者ばかりなのですもの。あなたがそんな生き物になって人間界で暮らすなんて……」

心配してくれているのは父も姉も同じだ。けれどティアマトの言葉だと素直に聞けてしまうのは、彼女がいつだってユランに愛情を傾けてきてくれたからだろう。

「ああ、お母様。そうよね、きっと私が考えているほど簡単じゃないわ。お母様もお父様も反対して当然だわ。でも私、どうしても人間になりたいの。許して」

ユランはティアマトにぎゅうっと抱きつく。上級竜より大きな体の聖竜だが、減量中のユランはだいぶ縮んでしまい、ティアマトはちょうどよい具合にユランの懐《ふところ》に収まった。

「それほどに決意が固いのね」

ユランを抱きしめ返し、ポンポンと脇腹を撫でながらティアマトが問う。

「はい。私は自分で選んだ生き方をしたいの。アルフレッド様と巡り合えたのは運命だわ。私の人生の道しるべに恋が降ってきたのよ、進まないわけにはいかない」

これっぽっちも心が揺らがないユランを見て、ティアマトは柔らかく微笑む。そしてクルリと振り返ると、厳《いか》めしい顔で前脚を組んでいるタランタ王に話しかけた。

「タランタ様。ユランの気持ちを尊重してあげましょう。魔石様は竜の導き手、魔石様が人間になることを勧めたのならそれは聖竜にとって正しいことのはずです」

初めて他の者が自分の選択を肯定してくれたことに、ユランは目を見開いた。

「し、しかし……」

てっきりティアマトもユランを止めるものだと思っていたタランタ王は、少々狼狽《うろた》える。いつだってユランのおてんばを叱るのは父の役目で、ティアマトは庇《かば》う役だ。彼女がユランの味方につくとき、それは説教の潮時である。だが今回ばかりは引きたくないタランタ王は、いつものように『ええい、もういい』と踵《きびす》を返すわけにはいかない。

「しかし、いくら魔石様の助言とはいえユランが無事で幸せである保証は何もないのだぞ。もし人間界でつらい目に遭ったら……」

「そのときはここへ戻ってくればいいではないですか。人間の姿をしていてもユランはユランです、故郷に帰れないわけではないでしょう」

「ううむ……」

タランタ王は首を捻《ひね》って考え込む。果たしてそんな簡単にいくのだろうか。

するとユランが「大丈夫です!」と意気揚々《いきようよう》と答えた。

「どんな障害があったってへこたれないわ！　私は必ずアルフレッド様のお側で幸せになってみせます！」

自信満々に宣誓する瞳は、キラキラと輝いている。ユランは自分の行く先には必ず希望があると信じているのだろう。あまりにも無謀《むぼう》な道だが、その道は魔石様が示したものだ。竜の新たな生き方をユランに託してみるべきなのかもしれない。

「……やるだけやってみるがいい。しかし、身の危険を感じたらすぐに島へ帰ること。一年に一度はシーシルを向かわせるので現状を報告すること。そして決してヴィリーキイ一族の誇りを忘れてはならぬこと。それが誓えるか？」

ついに娘の意志を認めたタランタ王に、ユランは飛び上がって抱きつく。

「もちろんです！　絶対、絶対に誓います！　ありがとうございます、お父様！」

結局のところ、一番ユランに甘いのは自分かもしれないとタランタ王は密《ひそ》かに苦笑する。けれどこの娘には自由な羽ばたきを止められない不思議な力があるとも感じるのだ。

「お前は昔からわしの手を焼かせてばかりだ。……だがそういう者が案外新たな歴史を切り開くのかもな」

タランタ王は小さくなってしまった娘の背中をポンポンと叩き、少しだけ淋しそうに笑った。

　こうして父の了承を得たユランはますます人間になるための修行に励んだ。食事を摂らなくても全身は生命力に溢れ、思い描くのは人間になった姿だけでなく、それから幸せになる人生も手に取るように想像できるようになってきた。

「シーシル、知ってる？　人間は番うことを〝ケッコン〟というのよ。雌《めす》は白くてヒラヒラした服を着て、大勢の人の前で雄《おす》と鼻をくっつけるの。きっとあれが人間の番の儀式なのね。素敵だわ、私もアルフレッド様と番になれるかしら」

　ユランが思い描く未来は、日に日に具体的になっていく。ぼんやりとした〝側にいたい〟という願いは、お城に行きアルフレッドと仲を深め番になりたいとまで望むようになっていた。

「番ですか。……竜と人間とで子が成《な》せるのでしょうかね？」

「できるわ、きっと。アルフレッド様と番になって、新しい立派な巣を作って、私はそこで卵を生むのよ。五つは生みたいわね」

　しかしうっとりと語る理想の未来は、ユランの知識不足で竜と人間の生態がごちゃ混ぜだ。シーシルもそこまで人間の結婚や生活に詳しいわけではないので、特に訂正はしない。

「私が白いヒラヒラを着るときには見にきてね！　約束よ！」

「タランタ様たちとご一緒に参りますよ」

未だに不安の拭《ぬぐ》えないシーシルではあるが、タランタ王が認めた以上は反対するわけにはいかない。今はただユランが無事に人間になり、幸せに暮らすことを願うだけだ。

「ああ、楽しみだわ！　早く人間になりたい！」

そうして苦しいはずの減量も瞑想も前向きに乗り越えたユランは、魔石様の言いつけ通りついに体の大きさを半分まで縮めた。

とうとうユランが人間になる日は夏の暑い日で、タランタ王をはじめとしたヴィリーキイ一族とティアマトと、タランタの加護《かご》でマグマを越えたシーシルが揃って地下深くの魔石様の空間へ集まった。

「魔石様、体を小さくしてきました。人間の姿も想像できます。どうか私を人間にしてください」

すっかり小柄になったユランが魔石様に向かって懇願《こんがん》すると、水晶は以前のように光を瞬かせながら言葉を発した。

「よく頑張りましたね。よろしいでしょう、あなたを望み通り人間の娘にしてあげます」

その答えにユランは飛び上がって喜んだが、魔石様は「ただし」と付け加えた。

「もし人間にあなたの正体が知られれば、姿はすぐに戻ってしまいます。そして二度と人間にはなれなくなるでしょう」

「えぇっ⁉　そんな！」

それはなかなか厳しい条件だった。正体が明かせなければ、アルフレッドを助けたのが自分だと証明できない。彼に近づくことは難しくなるだろう。

ユランは「なんとかならないのですか？」と困った様子で尋ねるが、タランタ王は密かにホッとしていた。竜に戻ってしまったら島へ帰ってくるしかあるまい。ある意味これは救済だ。行き詰まってしまったら自ら正体を明かせば、かよわい人間の姿から脱せるのだから。

しかしユランとしてはうっかり竜に戻ってしまう危険はリスクでしかない。「せめて自在に竜にも人にもなれればいいのに」といじけたように呟いた。

「……大昔、私より以前に竜を導いた魔石によると、そのような者もいたそうです。しかし遥か昔すぎてその術《すべ》はわかりません。奇跡だったのかもしれません」

「……奇跡……」

それは素晴らしい話だが、起こるかどうかもわからない奇跡をあてにするわけにもいかない。結局ユランは自分の正体を明かさぬよう、厳重に気をつけるしかなかった。

「人間になることをやめますか？」

リスクに動揺したユランに魔石様が問う。しかしユランは首を横に振って「いいえ。人間にしてください。正体が明かせなくとも私はアルフレッド様と番になり幸せになってみせます」ときっぱり言った。

「わかりました。では目を閉じて、人間になった姿を思い浮かべて」

言われるがままにユランは静かに瞼を閉じた。そして前脚を組み、祈るように人間になった自分の姿を思い浮かべる。

「――ユラン。気高《けだか》き竜の子。あなたの御身は願いの形に生まれ変わるでしょう」

魔石様の放つ光がどんどん大きくなり、空洞全体を包む。あまりの眩さにその場にいた者たちもたまらず目を瞑《つむ》り、そして光が収まって瞼を開いた瞬間――目の前にいたはずの小さなピンク色の竜の姿がなくなり、代わりにひとりの人間の姿があった。

腰まであるフワフワとした髪はブーゲンビリアの花の色で、ユラン自慢の鱗と同じ色だった。開いた瞳の色もまたユランと同じ金色だったが、人間の女性らしい豊かな睫毛《まつげ》に囲まれている。乳白色の肌は染みひとつなく、手足はスラリと細長い。

人間の美醜《びしゅう》は竜にはいまいちわからないが、愛らしく溌溂とした顔立ちはまさしくユランだとその場にいるみんなが思った。

「これが……私……？」

ユランは自分の両手を見た。鋭いかぎ爪はなく、白魚《しらうお》のように美しくしなやかな指だ。キョロキョロと見回した体には逞しい羽も太い尻尾もなくて、慣れないバランスに一瞬よろけそうになる。ウエーブのかかったフワフワの髪の毛は触るのが初めてで、なんだかくすぐったい。水晶に映《うつ》して見た顔は人間で言うところの十八歳くらいで、ユランは大きな目と小さくてツンとした鼻を持ったこの顔が気に入った。

「やったあ！　人間だわ！　とうとう人間になれた！　これでアルフレッド様のもとへ行けるわ！」

ユランは両腕を上げてクルクルとその場で回った。どんなにはしゃいでも地面が揺れなくて、まるで木の葉のように軽い体の感覚が新鮮だ。

「おお……ユラン、本当に人間に……」

タランタ王はなんとも複雑そうな気分で呻《うめ》き声を上げている。姉たちは目をまん丸に見開きながら「本当にユランなの？」「小さい、踏み潰してしまいそうで怖いわ」

などとユランを囲んで上から下まで眺めていた。

「ああ、早くアルフレッド様にこの姿を見せたいわ！　竜の私も素敵だったけど、人間のこの姿もとっても可愛い気がするの。特にこの髪、鱗の色と同じだわ。アルフレッド様もきっと気に入ってくださるはず」

そう言ってユランは自分の髪を両手で撫でて目を細める。正体が明かせないことがさっきまでは少々不安だったが、今はもう平気だ。頭の中はアルフレッドと仲よくなる未来しか浮かばない。

「それじゃあお父様、お母様、お姉様、シーシル、魔石様。ユランは人間の世界へ行って参ります！　みんなお元気で！」

張りきって早速駆けだしたユランだったが、すぐに「お待ちを!!」とシーシルに前を塞がれた。

「ここは魔石様の結界が張られていますが、外に一歩でも出ればマントルの熱で人間など黒焦げですよ！　私でさえタランタ様のご加護がなくては、ここまで辿《たど》り着けないのですから。それに翼もないのにどうやってこの島から出るおつもりです？」

至極《しごく》まっとうな注意を受け、ユランは「あ、そうか」と頭を掻いた。苦労して手に入れた人間の体を、五分もしないうちに消《け》し炭《ずみ》にしてしまうところだった。

「ユランはわしの収納袋に入りなさい。加護だけでは人間の体は耐えられぬかもしれない。外に出たらシーシルにトリンギア王国まで送ってもらうといい」

迂闊《うかつ》な娘にヒヤヒヤしながら、タランタ王は身を屈めて大きく口を開けた。ユランは「人間になると竜の口がすごく大きく感じるわ」と感心しながら、滑るように喉の奥へ潜《もぐ》り収納袋へ入っていった。

「ユラン、繰り返しますが自分の正体を秘することを忘れてはなりませんよ」

父の腹の外から、魔石様の声が聞こえる。ユランが外へ聞こえるように「はーい！」と大きな声で返事をすると、やがてタランタ王が飛び立つ感覚が伝わってきた。

地下から脱し外へ出たあとは、家族みんなにお別れの挨拶をしてから、シーシルの背に乗ってトリンギア王国へ向かった。しかし。

「待ってシーシル、グラグラして落っこちそうよ！　下ろして！」

出発してすぐにユランは人間の体の不便さを知った。人間は軽すぎて上空の強い風で簡単に吹き飛びそうになってしまう。

シーシルはいったん近場の小島に着地すると、どうしたものかと頭を悩ませる。

「そうだわ。アルフレッド様は長い布を飛竜の頭に巻きつけて、それに掴まっていたわ。私も真似しようっと」

竜騎兵であるアルフレッドが手綱を握っていたことを思い出し、ユランは近くの木に垂れ下がっていた蔦《つた》をちぎってシーシルに巻きつける。こんな細々《こまごま》とした作業をするのは初めてで手間取ったが、なんとかほどけないように巻けた。

「そういえば布……服は着ないでいいのですか？　人間は皆服を着ているようですが」

ユランはすっぽんぽんの丸裸だ。竜に服を着る習慣はないので気にならなかったが、人間界ではどうなのかとシーシルは心配する。しかしユランは自分の体をキョロキョロと見回すと、「いらないわ」と答えた。

「私が思うに服っていうのは、寒さや外敵から身を守るものなのよ。獣の毛皮と一緒ね。あとは〝ケッコン〟のときに着るもの。あれはきっと発情中であることを示しているんだわ。私は寒くもないし外敵にも狙われていないから不要よ。私が初めて服を着るのは、アルフレッド様と〝ケッコン〟するときがいいと思うの」

ユランは嬉しそうに言って頬を染めた。結婚云々《うんぬん》はともかく、人間になっても肌感覚は竜のままのようだ。上空の風を浴びても寒くない。ならば服は不要という結論だった。

「そうですか。では参りましょう」

納得したシーシルは再びユランを背に乗せて飛ぶ。木の蔦を巻きつけたおかげでユランの体が吹き飛ぶことはなく、丸一日の旅ののちに無事にトリンギア王国へと到着したのであった。

二章　乙女は出会う

昼下がり、シーシルが着地したのはトリンギア王宮からほど近い海岸である。

人目を忍んで岩場に身を潜めユランを背から下ろしたシーシルは、名残惜《なごり》しそうにペコリと頭を下げる。

「それではユラン様。私はここまでです。どうかご無事で……」

「ええ、ありがとうシーシル。私、幸せになるからね」

年に一回は報告で会えるとわかっていても、しばしの別れはやはり淋しい。ユランは細い腕でギュッとシーシルの鼻先を抱きしめ、それから手を振った。

「お達者で、ユラン様」

「お父様たちによろしくね！」

シーシルが飛び去ってしまうと、ユランはひとりぼっちだ。辺りは静かで波の音だけが聞こえる。

「さあ、まずは王宮へ行かなくちゃ。それからアルフレッド様に会ってご挨拶よ。私、最初の挨拶で何を言うかちゃんと考えてきたんだから」

ユランはピョンピョンと岩場を飛び跳ねながら移動し、砂浜へと飛び出した。真っ白い砂浜は夏の日差しを反射して眩しく、チカチカと光っている。

「わ、小さな足跡。ふふ、変なの」

砂の上には点々とユランの足跡が残る。竜のときと比べチマチマとしたそれが面白くて、ユランは大股で歩いてみたり回転してみたり飛び跳ねたりして、色んな足跡を残して遊んだ。

「あはは、おもしろーい」

砂浜には綺麗《きれい》な貝殻やヒトデも落ちている。竜の視点では小さすぎて気にしなかった生き物も、人間の目で見れば興味深かった。ユランはすっかり夢中になって貝を拾ったり、足で砂浜に丸を描いたり、子供のようにはしゃいでいた。すると。

「だ、誰だ！　何者だ⁉」

いつの間にか街道のほうから男の大集団が砂浜に下りてきており、裸で遊んでいるユランを見て仰天《ぎょうてん》していた。

ユランは目をパチクリさせたが、彼らに見覚えがあって首を傾げる。それから後方の集団が小型の飛竜を連れているのを見て、目を輝かせた。

「あなたたち！　トリンギアの竜騎兵の人たちね！」

「は、はあ？」

ゾロゾロと列を作って砂浜へ下りてきた集団は、王国所属の竜騎兵団だった。ユランがアルフレッドのついでに助けた兵士や飛竜も大勢いる。

ということはアルフレッドもいるかもしれないと思ったユランは、早速彼に会えるかもしれないことに胸を高鳴らせた。しかし。

「アルフレッド様は？　アルフレッド様も近くにいらっしゃるんでしょう？」

「なんなんだ貴様は。ええい、こっちへ寄るな」

兵士たちは皆動揺し、狼狽えている。それはそうだ。年若く愛らしい美女が真っ裸でいるだけでも怪しいのに、恥じる様子もなくずいずいと迫ってくるのだから。

あまりに無垢《むく》なユランの様子に、兵士たちは下心を抱くよりも見てはいけない気持ちになって誰もが目を逸《そ》らした。

「こ、ここは王国軍の訓練場だぞ！　無断で侵入したうえにそのような破廉恥《はれんち》な恰好《かっこう》をして……！　早くどこかへ行け！　さもないと捕まえて牢に入れるぞ！」

髭を蓄えた中年男に叱られて、ユランはビックリした挙げ句にぷうと頬を膨《ふく》らませた。

「捕まえるですって？　失礼ね、私を誰だと思っているの」

「わけのわからないことを言ってないで早く去らんか！」

「私はアルフレッド様に会いにきたの！　あなたこそお呼びじゃないわ、邪魔しないで！」

会話が全く噛《か》み合わず、事態は一向に収束しない。ほとほと困り果てた兵士が仕方なくユランを捕らえようとしたときだった。

「なんの騒ぎだ」

列の後方からひとりの青年が大股で歩いてやって来た。海風が彼の髪を揺らすたびに日を浴びて煌めき、その美しさを引き立てる。それを見てユランは大きく目を見開くと、歓喜《かんき》の声で叫んだ。

「アルフレッド様!!」

やはり自分はアルフレッドと番になる運命なのだとユランは思った。トリンギア王国に着いて早々《そうそう》、彼に出会えたのだから。

ユランは喜び勇んで彼に駆け寄ろうとする。しかし王子に不審者を近づかせまいと、兵士たちが慌てて腕を掴み止めてきた。

「殿下に近づくな、離れろ！」

一斉《いっせい》に四人もの兵士がユランの腕や肩を掴む。それを見てアルフレッドはすかさず

「おい、手荒な真似は」と言いかけたが、次の瞬間口を開いたまま言葉を失った。

「アルフレッド様！　お会いしたかった！」

なんとユランは四人もの屈強《くっきょう》な兵士の制止をものともせず、彼らを引きずってアルフレッドの前まで駆けてきたのだ。中には逆に握力が持たず、手を放してしまった者もいる。

その場にいたユラン以外の者は目も口もポカンと開けて立ち尽くした。ユランだけはニコニコとして頬を染めると「いけない、ご挨拶ご挨拶」と畏まった様子で姿勢を正した。

「ごきげんよう、アルフレッド王子。私はユラン。遠い島から来ました。あなたのことが大好きです。どうか私と仲よくしてください」

竜は人間のようにやたらと装飾をつけた挨拶などしない。しかしあまりに単純でストレートな挨拶は、逆にアルフレッドはじめ人間たちには理解できなかった。

「な……？　俺と、仲よく……？」

「はい！　そのために私はたったひとりでここまで来たのです」

アルフレッドは混乱した様子で口をパクパクしていたが、ユランが裸だということを思い出してパッと顔を背けた。そして自分の軍服を手早く脱ぐと正面を見ないまま、それをユランの体にかける。

「……とにかく、若い娘がそんな恰好でいるものじゃない」

何故服を寄越《よこ》されたのかユランはわからなかったが、彼がくれたのかと思うと喜びが込み上げてきた。

「これをくださるのですか？　人間の服を？」

「え？　まあ……たかが訓練着だ、悪用しないのならくれてやる」

周囲の兵士たちは「殿下！　こんなわけのわからない女にお召し物を下賜《かし》するなど」と止めたが、アルフレッドは「構わん」と首を横に振った。

（すごい！　アルフレッド様は優しいわ！　きっと私が寒いのではないかと心配してくださったのね、嬉しいわ！）

すっかり舞い上がったユランは初めての服にモタモタしながら袖《そで》を通す。ボタンの留め方がわからず戸惑《とまど》っていたら、アルフレッドが顔を背《そむ》けながらも親切に留めてくれた。

長身のアルフレッドの軍服の丈《たけ》はユランの腿《もも》まで隠し、ようやく目のやり場に困らなくなった兵士たちは揃って安堵の息を吐いた。

「ありがとうございます。とても温かいわ。大切にします」

ユランは嬉しくて仕方がない。このぶんなら仲よくなるのも、番になるのも、そう難しいことではないように思える。

しかしアルフレッドは笑みを返すことはなく、街道のほうを指さして言った。

「気が済んだならここから立ち去るんだ。この浜はトリンギア王国軍の訓練場で、一般人の立ち入りは厳しく禁止している。あとのことはベナール少尉に任せる、彼に捕まって牢に入れられても俺は知らんぞ」

突き放すような彼の物言いに、ユランはポカンとしてしまった。ちゃんと挨拶もしたのに、何故牢に入れるなどと言うのかわからない。

「どうして？　私はアルフレッド様と仲よくなりたいのに」

「俺は忙しい。それに身元もわからぬ女と仲よくするつもりはない」

「わ、私は……」

言いかけてユランは唇を噛みしめる。ヴィリーキイの王女だと明かすわけにはいかない。身元が不明だというのはこんなにも怪しまれるものなのかと、さっきとは逆に彼と仲よくなる難しさを痛感した。

（困ったわ。どうすれば怪しい者ではないと証明できるかしら）

ユランはシュンと肩を落とす。アルフレッドは微《かす》かに心配そうに眉根《まゆね》を寄せたが、そのまま横を通りすぎ海岸の奥へと進んでいってしまった。

「さあ、女。ここから立ち去れ。出口まで連れていってやるから」

俯《うつむ》いているユランの背中を、さっきの髭の兵士が軽く叩いた。どうやらこの男がベナール少尉らしい。

ユランはアルフレッドから離れたくなかったが、今彼に付き纏《まと》っても嫌われるだろうことは容易《たやす》く理解できる。トボトボ歩きだすと、ベナール少尉はユランの様子を窺《うかが》うように話しかけてきた。

「お前、いったいどこからこの敷地に入り込んだのだ」

「海からよ。言ったでしょう、島から来たって」

「ということは舟か？　まさか密入国者なのか」

「舟じゃないわ。シーシル……側仕えがここまで送ってくれたの」

「側仕え？　まさかそれなりの身分なのか？　いや、それより舟じゃないならどうやって海から……そもそも島とはいったいどこの国なのだ」

「それは秘密よ」

ユランの正体を確かめようとしたベナール少尉だったが、彼女の言葉がどうにもフワフワしていて要領を得ないのであきらめた。おそらく未開の島から流れ着いた民か、はたまた夢の世界に生きる変わり者だと判断したらしい。

ベナール少尉は訓練場の出入り口まで来ると近くに建てられていたテントへ行き、そこでユランに簡素なシャツと脚衣《きゃくい》と靴を渡した。

「殿下の服を着て街をうろつかれては困る。この服をやるからそれに着替えて、殿下の軍服は返しなさい」

それは人間からすればまっとうで親切な申し出だったが、当然ユランはイヤイヤと首を振る。

「嫌よ、これはアルフレッド様がくださった服ですもの。私、初めて服というものを着たの。ずーっとずーっと死ぬまでこの服を着るわ」

「わけのわからないことを言っていないで、いいから着替えなさい」

「嫌ってば嫌！　わからずやね！　あなた変だわ、お顔に髪の毛が生えてるし。変なの」

「わたしの髭を侮辱するな！」

てんで常識が通用しないユランに、ベナール少尉はすっかり参ってしまった。そしてどうやらこの娘が服というものを理解していないと悟って、一から着衣というものを説明した。

「まあ……！　じゃあ服というのは保温だけでなく、裸を隠したり、身分を表すためのものなのね。ちっとも知らなかったわ！」

衝撃の事実にユランは愕然《がくぜん》とする。どうやら人間にとって全裸ははしたなく非常に恥ずかしいものらしい。アルフレッドにそのような姿を見せてしまったことを酷く後悔した。

「アルフレッド様は私のことが嫌いになってしまったかしら。服を着ない娘など仲よくしてくださらないかしら」

「嫌いも何もそなたは初対面であろう。せいぜい変わり者と思われたぐらいだ。まあ二度と会うこともあるまい、気にすることもない」

「何故？　二度と会わないってどういうこと？」

「むしろこちらが聞きたい。何故殿下にもう一度会えると思っているのか？　また訓練場に侵入する気か？　今度は有無《うむ》を言わさず牢にぶち込むぞ」

ベナール少尉の話を聞けば聞くほど、ユランはアルフレッドから遠ざかっていく気がする。どうやら人間の王子と会うのは本来簡単なことではないようだ。

ヴィリーキイ一族は訪ねてくる竜には分け隔《へだ》てなく会い、話を聞いてやったものだ。そもそもの数が少ないのもあるし、たとえ誰であろうとヴィリーキイ一族に害を成すことはできないので検問もない。しかし人間の王族はそうではないらしい。

竜にも階級はあるが、人間の身分というのはもっとずっと厄介《やっかい》なようだ。王族に直接会えるのは貴族と決まっていて、街で見かけることがあっても庶民は軽々しく声をかけてはいけないのだとか。

当然庶民どころか身元不明のユランは、王子に近づくなど許されない。今回の邂逅《かいこう》もアルフレッドが寛大《かんだい》だから見逃してくれただけで、他の王族だったら間違いなく投獄《とうごく》されていただろう。

ユランはすっかり元気を失くして俯いてしまった。アルフレッドの側にいるのは、思っていたよりずっと難しい。しかも彼に全裸を見せてしまった。はしたない娘だと思われている。

「何を考えて殿下に近づこうとしたのか知らんが、もう馬鹿なことはよすんだな。この街道をまっすぐ北へ進んだところに乗船場がある、そこから国へ帰るといい。もし金がないのなら港周りで給仕係を募っている酒屋があるから働きなさい。見たところそなたは若い、悪い男に騙《だま》されて娼館などに連れていかれないようにな」

ベナール少尉はそう言ってユランを街道へ送り出してくれた。アルフレッドの軍服を着たまま街を歩くと彼に迷惑がかかってしまうと理解したので着替えたが、ユランがどうしても返したくないと言うので軍服はもらうことができた。

ベナール将軍は厳しいところもあったが、なんだかんだと親切にしてくれた人物だった。ユランは彼に礼を言い、トボトボと街道を歩いていく。

人通りの多い道でユランの珍しい髪色は目立ち注目を集めたが、本人はそれどころではなく、アルフレッドの軍服を胸に抱きしめたまま俯いて歩いた。

その日の夜。

「そう簡単にあきらめられるものですか。大体、身分が高くなければ王子様には会えないなんて変よ。王族は誰の話でも聞いて手を差《さ》し伸《の》べるべきだわ、ヴィリーキイ一族みたいに」

ユランは王宮の壁をこっそり乗り越え、警備の兵の目を掻《か》い潜《くぐ》って、王宮敷地内へ侵入した。翼はなくともユランの跳躍力は人間の比ではない、壁を飛び越えることも容易かった。

夜目の利《き》くユランは物陰に身を潜めて移動しつつ、一番大きな建物へ近づいていった。おそらくあそこが本宮殿、アルフレッドや国王の住まう場所に違いない。

本宮殿の近くまできたユランは、木の陰に隠れてどうしようか考える。中に入るのは簡単だ、ユランが蹴り飛ばせばこんな外壁は余裕で壊せるし、見張りの兵士だって取るに足らない。

しかしそれはよくないとユランは思う。誰かの巣を勝手に破壊する行為が非常識なのは、人間も竜も変わらない。そんなことをしたらアルフレッドに嫌われてしまう。忍び込むのも同じだ。勝手に寝床に入るのはデリカシーに欠ける。

「うーん、どうしましょう。どうすればアルフレッド様とまた会えてお話ができるかしら」

ひとまずユランはその場を離れて、王宮の敷地内をウロウロと歩き回った。すると、同族の気配を感じ、そちらへ向かって迷わず足を向ける。

辿り着いた先は竜の厩舎《きゅうしゃ》だった。竜騎兵の乗る飛竜が住む小屋が、ズラリと何十棟も並んでいた。

「この子たちはアルフレッド様の飛竜ね。みんな、こんばんは」

そのうちのひとつの厩舎に入りユランが竜語で声をかけると、飛竜たちは初めキョトンとしていたが、すぐに姿勢を正し頭を伏せた。

「まさかユラン様ですか⁉」

「ご、ごきげんよう！」

「何故そのようなお姿に⁉」

飛竜たちは一斉にざわつく。見た目が変わってもヴィリーキイ一族の神聖な魂は変わらない。同族である竜にはユランの正体がすぐにわかったようだ。

「みんな静かにして。人間が来ちゃうわ」

ユランも飛竜も竜語で話しているので人間には鳴き声にしか聞こえないが、それでもやかましくしていると異状を覚えて見張りの兵士がやって来てしまうかもしれない。

飛竜たちはモゴモゴと口を噤むと、頷き合ってから小声で話しだした。

「ユラン様、どうしてこんなところへ？」

「そのお姿はどうされたのですか？」

ユランは後ろで手を組むと、厩舎の柱に寄りかかって答えた。

「じつはね、私、アルフレッド様に恋をしたの。それで彼と仲よくなりたくて、魔石様にお願いして人間にしてもらったのよ」

驚愕の理由に、飛竜たちは声を潜めながらも「えーっ‼」と叫ぶ。

「でも人間のルールって面倒ね。身分が高くなければ王子様とはお話もしちゃいけないんですって。私は人間に正体を明かすと竜に戻ってしまうから自分が聖竜だって打ち明けられなくて、怪しい庶民扱いよ。おかげでアルフレッド様と仲よくなるどころか、会わせてもらうこともできないんだから」

拗《す》ねたように唇を尖らせてユランが言えば、近くにいた飛竜が「確かに、人間の王族は竜とは違ってややこしいです」と同意した。周囲の飛竜たちもうんうんと頷く。

「だからとりあえず王宮へ忍び込んでみたんだけど、どうやってアルフレッド様に会おうか悩んでるところなの。強引に彼の寝床へ行ったら、気を悪くしてしまうかもしれないでしょう?」

「でしたらこの厩舎でしばらく過ごされてはどうですか? アルフレッド様はよく厩舎に来て、僕らのことを見て回ってるんです。そのうち会えるかもしれませんよ」

思ってもいなかったまさかのチャンスに、ユランは凭《もた》れ掛かっていた体を起こし瞳を輝かせた。

「本当⁉ アルフレッド様はここへ来るの⁉」

「大体毎日、ひとりで来ています」

「きゃっほー! やったわ!」

ユランは思わず両手を上げて喜んだ。やはりあきらめなければ道は開けるのだと、強く思う。

「じゃあしばらくはここにお邪魔するわ。みんな、よろしくね」

「はい。狭いところですが、存分にお寛《くつろ》ぎください」

飛竜たちは竜の王女を皆揃って歓迎した。飛竜の厩舎は故郷の洞窟に比べると遥かに狭いが、人間になったユランのサイズならばちっとも窮屈《きゅうくつ》ではない。

ひとつひとつの竜房《りゅうぼう》には飛竜が過ごしやすいよう清潔《せいけつ》な砂が敷かれており、この晩ユランはアルフレッドの軍服を抱きしめながら空いている竜房で眠った。


翌朝。ぐっすり寝たユランは起床した直後から元気いっぱいである。

「おはよう、いい朝ね」

飛竜たちに挨拶をして厩舎から出ると、東の空に朝日が燦燦《さんさん》と輝いているところだった。目に映る景色は昨日までとまるで違っていて、ユランは改めて自分がトリンギア王国にいることを実感した。

大きく伸びをすると、髪からパラパラと砂粒が落ちた。砂の上で寝たせいで、髪も体も砂まみれだ。ユランはブルブルと体を振って砂埃《すなぼこり》を払うと、手で軽く顔を擦った。竜は岩や地面や砂に体を擦りつけて表皮の清潔を保つ。鱗が水を弾《はじ》くので、人間のように水で洗顔する発想はなかった。

まるで泥遊びをした子供のように汚れた顔になるのも気にせず頬を擦り、それから飛竜たちの水桶から水を一杯もらった。喉を潤《うるお》したあとは近くに生えていた香草の若芽を食《は》み、飛竜たちとお喋りする。

「ねえ、あなたたちが知っているアルフレッド様について教えて。普段は厳しい？　優しい？　あの方は戦場以外ではどんなふうに過ごしているの？」

アルフレッドのことを知りたくて仕方がないユランに、飛竜たちは快《こころよ》く答えてくれる。

「とっても優しいですよ！　ここは後方部隊の厩舎なので僕らはアルフレッド様を乗せたことがないのに、それでも僕らに声をかけてくれるんです」

「『よく頑張ったな』『今日は鱗の艶がいいな』ってまるで友達みたいに」

「厩舎の掃除や僕らの鱗磨きをしてくれることもあります」

「僕らみんなアルフレッド様のことが大好きです。だからユラン様がアルフレッド様に恋をしたって聞いて最初は驚いたけど、今は素敵なことだと思ってます。僕らの王女様がアルフレッド様と結ばれたら、こんなに幸せなことってありません」

飛竜が口にするのは彼への絶賛ばかりで、ユランは嬉しくなってくる。やはり自分の見る目は間違っていなかった。

世の中には竜騎兵といっても、飛竜を乱暴に扱う者もいる。低級とはいえ竜は人間より気高く神聖な生き物なのに、使い捨て扱いをするのだ。

アルフレッドがそんな人間でなくてよかったと心の底からユランは思う。彼は竜を愛し敬意を払って接している。だからこそ戦場であれほど鮮やかに飛竜の手綱をさばけるのだろう。

「素敵、素敵。アルフレッド様はカッコいいだけでなく竜を大切にするお方なのだわ。やっぱり私が彼に恋をしたのは正しかったのよ」

ユランはすっかり上機嫌で、竜房の柵に頬杖をつきながら足をパタパタと跳ねさせる。飛竜たちも敬愛する王女のご機嫌な姿が嬉しくて、「アルフレッド様、早く来ないかな!」「早く仲よくなれるといいですね!」と鳴き声を上げてはしゃいだ。すると。

「なんだ、この厩舎はやけに騒がし……」

そう口にしながら厩舎に入ってきた人物が、ユランの姿を見て目を瞠った。ユランもまた振り返り、目を大きく見開いて口もとに手をあてる。

「アルフレッド様!」

「お、お前は昨日の……!」

朝から早々《はやばや》と厩舎にやって来た彼にユランは胸ときめかせ満面の笑みを浮かべたが、

アルフレッドの表情は険しい。それどころか腰の剣を抜き、突きつけてくるではないか。ユランは当然唖然とする。

「貴様、何故ここにいる。竜から離れろ。そいつらに害を成したら容赦しないぞ」

どうやらアルフレッドはユランを思いっきり怪しんでいるようだ。それもそうだろう、昨日も立ち入り禁止の訓練場に侵入し、今日も王宮の厩舎内にいるのだから。もしかしたら、竜騎兵団の飛竜に毒を飲ませにきた敵国の間者《かんじゃ》と思われているかもしれない。

しかしユランは何故彼が怒っているのかわからない。王宮の敷地内には入ったが、寝床にまで押しかけたわけではないのだからいいではないかと思う。人間というのは竜以上に縄張り意識が強いのだろうか。

「アルフレッド様、おはようございます。せっかくの素敵な朝なのに、どうしてそんなに怒ってらっしゃるの？」

剣を向けられてもユランは怖くない。人間の武器では聖竜は傷つけられないのだから。けれど怖くはなくても、彼がそれほどまでに怒っていることが悲しい。

たじろぐ様子がないユランに、アルフレッドはさらに眉を吊り上げて怒鳴る。

「喋るな！　竜から離れないのなら斬る！」

すると、厩舎の飛竜たちが一斉にギャアギャアと鳴きだし、数匹は竜房から首を伸ばしユランを守るようにアルフレッドを威嚇《いかく》した。

「なっ……？　なんだ？」

アルフレッドは驚愕する。手塩にかけた飛竜に威嚇されるなど初めてだ。いったい何が起きているのかと、彼のほうがたじろぐ様子を見せた。

「王女様を攻撃しちゃ駄目！」

「やめてアルフレッド様！」

飛竜たちは必死にアルフレッドを止めようとしているが、当然彼にその言葉は伝わらない。ユランは竜語で飛竜たちを宥《なだ》めようとして慌てて口を噤み、人間語で「みんな落ち着いて、私は大丈夫だから」と説得しながら彼らの鼻面《はなづら》を撫でた。

あれほど騒いでいた飛竜たちがたちまちおとなしくなり、アルフレッドはさらに目を瞠る。しかもユランの近くにいる数匹は喉を鳴らし彼女に甘えるように擦り寄っているではないか。

竜は低級といえど人懐っこい生き物ではない。アルフレッドとて何年も彼らと共に戦い、旅も共にして少しずつ信頼を得てきたのだ。それが突然現れたこの娘の慕われようはどうだ、まるで竜たちの姫君ではないか。

「お前は……何者だ……？」

アルフレッドは呆然《ぼうぜん》としながら尋ねる。剣の切っ先はもうユランに向けられていない。

「私はユラン。あなたと仲よくなるため、遠い島からやって来ました」

ユランは昨日と同じ台詞《せりふ》を繰り返す。それ以外に出せる情報もないから仕方ない。

「何故そんなに飛竜が懐いている？　故郷で竜の飼育でもしていたのか？」

重ねられた問いにユランはどう答えるか少し悩んでから「飼育はしていないわ。でも私はどんな竜とも仲よしなの」と答えた。嘘はついていない。

なんとも漠然《ばくぜん》とした答えにアルフレッドは眉根を寄せる。昨日ベナール少尉から受けた報告でも、彼女はどうにも掴みづらい人物という印象だった。身元がわからないだけでなく着衣という概念がズレていて、身分についてもよくわかっていないようだったと。

文化の違う異国から来たのだろうが、何故かトリンギア語は流暢《りゅうちょう》に話せる。拘束しようとした兵士をものともせず走るほどの怪力だったが、もしかしたらその異常な身体能力で訓練場や王宮の厩舎に侵入したのだろうか。

そして飛竜からのこの好かれようである。アルフレッドは彼女がさっぱりわからない。異国どころか異世界から来た妖精か何かではないかとさえ思う。

アルフレッドは深く息を吐いて剣を鞘《さや》に収めた。そして混乱した頭をガシガシと掻いてから、腕を組んでユランを見つめ直す。

「……飛竜に害を成す気はないのだな」

「もちろんです」

彼女のことはさっぱりわからないが、とりあえずそれは信用してよさそうだ。飛竜は警戒心が強い。自分に害意を持っている者に揃って懐くようなことは、まずないのだから。

「で、ここで何をしている？」

アルフレッドが質問を変えると、ユランは悪びれることもなく堂々と答えた。

「この子たちのおうちに泊めてもらったんです。本当はアルフレッド様のお側に行きたかったけど、許可なく寝床に入るのは失礼だと思って。ここの砂はいい砂ですね、寝心地がよかったです」

その答えを聞いてアルフレッドは内心仰天したが、顔には出さないでおく。と同時に、どうして彼女の顔がそんなに泥だらけなのか理解した。

「王宮に侵入したうえ、竜房で寝ただと……。とりあえず顔を洗ってきたらどうだ。

酷い有様だ」

水桶を指さして言われ、ユランは自分の顔をペタペタ触って目を丸くする。それから少し考えて、ポンと手を打った。

「わかった！　もしかして人間は水浴びで顔や体を綺麗にするのね。どうりでみんな顔に土がついてないはずだわ」

納得したユランは小走りで水桶まで行き、慣れない手つきでバシャバシャと顔を洗った。

「できました。これでアルフレッド様と同じね」

ニコニコと報告するユランは髪や服までもびしょ濡れだ。雫《しずく》がついていて目が開けられないので、ブルブルと顔を振って水滴を飛ばす。

幼子どころかまるで犬みたいなユランに、アルフレッドは顔を顰《しか》めながらも近づいていって自分のハンカチで顔を拭《ふ》いてあげた。

「いったい今までどういう生活をしていたんだ。服も着ない、顔の洗い方も知らないなんて」

「ごめんなさい。これからは人げ……トリンギア王国の人と同じように生活をします」

顔を拭かれながらやはり彼は優しいとユランは思う。昨日も彼は厳しいことを言いつつも服をくれたし、きっと面倒見がよいのだ。

アルフレッドはさっぱりしたユランの顔を見てハンカチをしまうと、呆《あき》れたように溜め息をついて背を向けた。そして厩舎の外に出ていくのを、ユランは慌てて追いかける。

「悪いことは言わん、国へ帰れ。見逃してやるのもこれが最後だ。帰らないというのならこのまま衛兵に引き渡す」

厩舎の前には飛竜の餌を積んだ荷車が停められていた。どうやら朝の餌やりの時間のようで、他の厩舎では厩務員《きゅうむいん》が忙しそうに出入りしている。アルフレッドはそれを手伝いにきたらしく、餌の大袋を担いで再び厩舎の中へ入っていった。ユランもそれを真似て、大袋を五つずつ両肩に担ぐ。

細腕で重い餌の大袋を一気に十個も担いだことにアルフレッドは一瞬ギョッと目を瞠っていたが、ユランが危なげなく運ぶのを見るとそのまま口を噤んだ。

「帰るつもりはありません。私はアルフレッド様と仲よくなりたいの」

アルフレッドは袋の中身をそれぞれの竜の餌桶に注いでいった。穀物や乾燥した野菜、肉粉などを混ぜたものらしい。

「仲よくなれるわけがないだろう。俺は王子でお前は身元もわからぬ異国人だ。知らないのなら教えてやる、この国には身分制度というものがある。王族は決められた者以外と親交は交わさない」

ユランは見よう見まねで同じように餌桶に餌を注いでいく。量がよくわからなかったが、飛竜が「もういいですよ」「もうちょっとください」と教えてくれた。

「そうかしら？　だって今、私とアルフレッド様はこうしてお喋りしているわ。これって昨日より仲よくなった証拠だと思うの。本当はやろうと思えば誰とだって仲よくなれるんじゃないかしら」

ユランの達者な理屈に、アルフレッドは一瞬動揺してしまった。少し零してしまった餌を、飛竜が「もったいない」と脚で掬《すく》って食べる。

餌袋の重さを苦にしないユランはあっという間に餌を配り終わり、早々に次の袋を荷車へ取りにいった。同じように作業していた厩務員とばったり会ってしまったが、元気よく「おはようございます！」と挨拶すると怪しまれることもなく「おはよう……新人かな？」と挨拶を返された。

「……そういう問題ではない。本来ならお前はとっくに牢の中だ。俺が見逃してやっているだけで」

ユランがサクサクと作業を進めたおかげで、餌やりはあっという間に終わってしまった。アルフレッドは今度は近くの井戸から水を汲み、水桶に新しい水を入れていく。

「じゃあこれからも見逃してください」

なんとも図々しいことを言いながら、ユランも井戸へ水汲みに走った。しかしチマチマと水を運ぶのも手間なので、近くにあった大きな盥《たらい》に水を汲み両手にそれを持って厩舎へ戻る。

「俺に王宮の規律を破れと言うのか」

「私、故郷にいた頃は規律を破っていたの。お父様は怒ったけど、そのおかげでこうしてアルフレッド様と出会えたわ。だからときには規律を破ることも必要じゃないかしら」

「お前の言うことは破天荒すぎる」

そうこう話をしているうちに水やりも終わり、続いて厩舎の掃除も終わってしまった。呑み込みも早く五人分は働くユランのおかげで、いつもの四分の一以下の時間で済んでしまった。

いつの間にかすっかり綺麗になった厩舎を見て、アルフレッドは目をしばたたかせる。それから腰の懐中《かいちゅう》時計《どけい》を見て、全く疲れた様子のないユランに視線を向けた。

「お前の国では皆そんなに労働を済ませるのが早いのか？」

「え？　さあ、どうかしら……。私もお姉様たちも労働をしたことがないから」

またしても仰天したアルフレッドはユランの腕を取り、マジマジと眺める。なんの変哲もない細い腕だ。昨日といい今日といい、いったいこの細腕のどこにあんな力があるのだろうか。

「本当に……不思議な娘だ」

アルフレッドは掴んでいた腕を放すと、掃除道具を厩舎の外へ片づけに行った。ユランも箒《ほうき》やらバケツやらを担いでついていく。

「おや、殿下。もうお済みですか？　随分とお早いですね」

用具小屋の前に行くと、厩務員の中年男が話しかけてきた。彼はアルフレッドの後ろに掃除用具をこんもりと抱えた少女の姿を見つけ、パチパチと瞬きを繰り返す。

「下働きの新人ですか？　若い娘さんみたいですが……随分力持ちですね」

アルフレッドはユランを振り返り、しばらく悩んでから溜め息と共に口を開いた。

「わけあってしばらくここに置いてほしい。宿舎に住まわせてやってくれ。ただし厩舎長や侍従《じじゅう》には報告するな、内密にだ。……そのぶんよく働く」

アルフレッドのまさかの口添えのおかげで、ユランは王宮の厩務員宿舎で寝泊まりできることとなった。ただし与えられたのは小さな屋根裏部屋だが。

それも仕方がない、王宮厩務員は竜の世話役とはいえ立派な官職だ、本来なら貴族の連枝《れんし》など身元のしっかりしている者しか就《つ》けない。そんな者らと謎の異国人のユランを同列に扱うわけにはいかなかった。

住み込みの厩務員は男性しかおらず、そこでユランが暮らすことに多少の懸念《けねん》もあったが、王子が連れてきた女性に手を出そうとする無謀な者はさすがにいないようだ。そもそも万が一襲われたとしてもユランの怪力ならば返り討ちも易いものだが。

屋根裏部屋は薄暗く狭かったが、アルフレッドが寝床を用意してくれたという事実だけでユランは飛び上がって喜んだ。

「服だけでなく寝床までくださるなんて！　アルフレッド様ったらどこまで優しいの！　好き！」

さらには厩務員は三食付きだと知ると「ご飯まで⁉」と目を回しそうなほど歓喜した。人間の世界で暮らすのは困難だらけだと姉たちに以前説得されたが、アルフレッドが側にいれば何も難しくはなかったと教えてあげたい気分だった。

ここで暮らす対価としてしっかり厩舎の仕事をこなすことと命じられたので、ユランは張りきって働いた。

覚えも早く力持ちのユランはあっという間に厩務員たちから重宝《ちょうほう》される存在になった。しかも素直で明るいのだ。年頃の女の子だというのに砂埃の立つ掃除や糞の始末さえ厭《いと》わない。もはや労働力として重宝されるだけでなく、たちまち人気者になるのも当然の流れである。

「あー、今日もご飯がおいしいわ！　私このジャムっていうの大好き！」

今日も朝の労働を終えたユランは宿舎の食堂で朝ご飯をたっぷり食べる。食事を摂らなくても簡単に飢えない体だが、働いたあとのご飯はおいしかった。

人間の食べ物は素材をそのまま食べる竜の食事と違い、細かくてゴチャゴチャとしている。幾つも器があってどの食品をどの器に入れるかが決まっているし、手で掴んで食べるものとカトラリーを使うもの、直接食べるのではなく塗ったり混ぜたりするものなどもあってゴチャゴチャだ。

ユランはどれが食べていいものかの区別もつかず最初は戸惑ったが、故郷の文化とまるで違うということを伝えると、同僚たちが親切に教えてくれた。今ではパンに好きなジャムも塗れるし、音を立てずスープを飲むこともできる。お気に入りは果物のジャムだ。ただでさえ果物は甘くておいしいのに、それをさらに甘くして煮込むのだから人間は強欲《ごうよく》だとさえ思う。そしてユランもすっかり強欲の産物の虜《とりこ》になってしまったのだ。

厩務員になってユランが知った喜びは食事だけではない、風呂《ふろ》という未知の体験も知った。

人間は砂浴びをしないのでどうやって清潔を保っているのか不思議だったが、水で顔を洗うことはアルフレッドが教えてくれた。だからきっと体も水で擦るのだろうと想像していたが、人間はなんと水を沸かし、いい匂いのする泡で体の汚れを落とすのだ。

風呂は専用の建物が宿舎外にある。大人ひとりが入れる大きさの木桶に沸かした湯がなみなみと張られているので、そこに浸かって体を洗う。当然ユランは最初は入り方がさっぱりわからなかったが、食事の件で厩務員たちは彼女が文化のまるで違う国出身だとわかっていたので、事前に入浴方法を教えてくれた。風呂上がりに自分からいい香りがするのは不思議だが、悪い気分ではない。

初めは髪がずぶ濡れのままだったり、こんがらがっていたりしたユランだが、見かねた風呂番の下働きの女性たちが整えてくれるようになった。

服も同じだ。ダボダボの男物一着しか持っていないのを哀れんで、誰ともなく繕《つくろ》った古着をくれるようになり、今では毎日着替えることができる。

ユランは幸運だった。厩務員も少し関わるだけの下働きの女性も、身元の怪しいユランに誰もが親切だったのだから。

もちろんアルフレッドが連れてきた人物だから粗末《そまつ》に扱うわけにはいかないという理由もあっただろう。けれどそれだけでなく明るく屈託《くったく》がない性格は、周囲に好かれるには十分な魅力であった。おまけに彼女はひとりで五人分は働くのだ。嫌われる理由がどこにあろう。

トリンギア王国へ来てからはや一ヶ月が経ち、ユランはすっかり人間の生活というものを理解した。体は毎日湯浴《ゆあ》みで清潔にすること、髪は梳《と》かして束ねること、服は毎日着替えること、汚れた服は洗濯《せんたく》すること、食事はカトラリーを使うこと、等々……。

それから気づいたこともある。どうやら人間は自分が思っている以上に非力《ひりき》らしい。ユランは外見こそ人間になったが身体能力はほぼ竜のままだ。ともなれば常人との力の差はかなり大きい。

ユランにとっては片腕で木を倒すことも、建物の屋根に飛び乗ることも普通だし、ましてや仕事の役に立つのだからいいことだと思っていた。しかしユランが重い荷物を軽々運ぶと「男らしい」と言われることが多々ある。もっとも、言っているほうは「可愛らしい見た目をしているのに男のように逞しい」と称賛の意味で口にしていたのだが、ユランは複雑な気持ちに陥った。

ユランは竜のときから可愛いものや上品なものが大好きだ。ピンク色の鱗は可愛くて自慢だったし、養母の滑《なめ》らかな尻尾の動きは品があってよく見惚《みと》れた。愛らしく上品な雌竜になりたいといつも思っていた。

だから「男らしい」という称賛はなんだか複雑だ。粗野《そや》と言われているようで、ユランの憧《あこが》れるイメージと違う。きっとアルフレッドも男らしい雌を番にしたいとはあまり思わないだろう。

そのことに気づいてからユランは少々葛藤《かっとう》した。必要な場面以外ではあまり力を晒《さら》さないほうがいいかもしれない。とはいってもアルフレッドにはもう存分に見せつけてしまったのだけど。

「人間が武器を使って戦う理由がわかったわ。彼らの力じゃ素手で戦ってもほとんど傷を負わせられないのよ。力も弱いし鋭い爪や太い尻尾もないものね」

ある日の晩、ユランは厩舎で飛竜たちとお喋りをしていた。この時間はもう飛竜のお世話は終わっており、厩舎には誰も来ない。ユランが堂々と竜語で話せる時間だ。

「そうです、人間は武器や道具を使うのがうまいんですよ」

「脆弱《ぜいじゃく》な個体だからこそ武器が発達したんでしょうね」

「なるほど。人間は知恵の生き物ね」

飛竜たちとのお喋りはホッとするひとときだ。人間の生活は楽しいが、やはりありのままの自分を出せる時間は必要だと感じる。それに人間の暮らしで覚える新鮮な感動や発見を、誰かと共有できるのは楽しかった。

「さあ、そろそろおやすみなさい。遠征から帰ったばかりで疲れたでしょう。ゆっくり体を休めてね」

窓から覗く月が高く昇り始めたのを見て、ユランはみんなにおやすみの挨拶をする。

竜騎兵団は一週間前に地方へ軍事演習へ行き、今日帰ってきたばかりだ。厩務員の中には同行した者もいたが、厩舎長に秘密の存在であるユランはついていくことができずお留守番だった。

一週間ぶりに飛竜たちに会えて嬉しいが、アルフレッドにはまだ会えていない。さすがに遠征から帰ったばかりで公務が忙しく、厩舎の手伝いには来られないようだ。

飛竜たちの「おやすみなさい！」「ユラン様、よい夢を！」という声に見送られ、ユランは厩舎を出た。雲ひとつない夜空には明るい満月が浮かんでいる。

「まあ、綺麗」

月に手が届きそうで、思わず腕を伸ばした。けれど華奢な手が掴むのは空だけで、ユランは眉尻を下げて笑う。

(満月の下を飛んでいたのが懐かしいわ……)

月の明るい夜はよく島を飛び出して夜空の散歩をしたものだった。高い空から見る月はもっと大きくて、幼い頃はいつか手が届くと信じていた。

そんな懐かしいことを思い出して、胸がキュッと痛む。

人間になって故郷を離れたことに後悔はない。けれど郷愁《きょうしゅう》の念が湧き、ちょっとだけ淋しくなってしまうのはどうしようもなかった。

(翼が恋しいな……)

ユランは自分を抱きしめるように両腕をさする。改めて、なんて細く華奢なのだろうと感じる。一生この小さな体で生きていくことが少し怖いと、初めて思った。そのときだった。

「ユランか?」

夜闇の中から声をかけられ、ハッとして振り返る。そこにいたのはアルフレッドだった。剣は佩《は》いているがシャツと脚衣だけのラフな恰好で手にはオイルランプを持っている。

「アルフレッド様！」

　さっきまでの淋しさが吹き飛び、ユランはたちまち笑顔になった。今日は会えないだろうと思っていたので、余計に嬉しい。

「遠征お疲れ様でした！　今日はお仕事が忙しいと聞いていたから、厩舎には来ないと思っていました」

　小走りでユランが駆け寄ってきても、アルフレッドはもう顔を顰めたりしない。彼は王宮にいるときはほぼ毎日厩舎に来ているので、当然ユランともしょっちゅう顔を合わせる。ユランの不可思議さにももう慣れた。

「寝る前に飛竜たちの様子を見ておこうと思ってな。どうだ、体調を崩している者はいないか」

　遠征帰りで疲れていようが多忙だろうが飛竜のことを気にかけるとは、なんて竜思いなのだろうとユランは感激する。そして深くコクコクと頷いてから「みんなとっても元気です！」と答えた。

「お前がそう言うなら大丈夫なのだろうな。お前は厩務員の誰より竜の異変に敏感だ」

アルフレッドは安堵したように微かに口もとを緩める。彼は優しいが滅多に笑みを浮かべない。僅かながらでも貴重な笑顔に、ユランの胸が大きくときめいた。

「アルフレッド様は本当に飛竜たちを大事にしているのですね」

「ああ。……あいつらは誠実だ。心のままに俺と接してくれる。俺が友と呼ぶのはあいつらだけだ」

そう語った口調は、伝えるというよりも独《ひと》り言《ごと》のようだった。声音からどことなく切なさを感じるのは、ユランの気のせいだろうか。

アルフレッドはユランの横を通りすぎ、厩舎へと入っていく。ユランはそのあとを追いかけていった。

「お前たち、今日はご苦労だったな」

そう声をかけてアルフレッドは竜房をひとつひとつ回り、甘えてくるものには鼻面を撫でてやった。飛竜らは嬉しそうにパタパタと羽や尻尾を動かしている。アルフレッド自身もとても楽しそうで、ときには目を細めることもあった。

そんな彼の姿をうっとりと眺めていると、近くにいた飛竜が心配そうに小声で呟いた。

「アルフレッド様、きっとまた王宮の人間に意地悪されたんだ。可哀想」

「え⁉」

衝撃的な発言に、ユランは驚いて振り返る。すると隣の竜房の飛竜も声を潜めつつ教えてくれた。

「アルフレッド様が夜遅くにここへ来るときは、悲しいことがあったときなんです。僕らは人間の言葉はちょっとしかわからないけど、王宮の人が意地悪するみたい」

「僕はもう十三年もここにいるから知ってるんだ。アルフレッド様が子供の頃からそうだよ。昔は時々泣いてた。今のお母さんはアルフレッド様のことが嫌いで、みんなで嘘をついたり仲間外れにするんだって」

トリンギア王国には三人の王子がいる。最初の妃《きさき》は王太子を生んで亡くなり、次の妃も王子を生んで亡くなった。今の妃は三人目で、彼女もまた王子を生んだ。つまり王子三兄弟はそれぞれ母が違うということだ。アルフレッドは二番目の王子にあたる。

王位継承権は長子から順に一位、二位、三位となっているが、長子である王太子は病弱で子が残せないといわれている。今後の王太子の健康状態によっては次男のアルフレッドに王冠が巡ってくるのではないかという噂は、彼が子供の頃から付き纏った。

それだけでも王宮内に王太子派とアルフレッド派の派閥《はばつ》争いを呼び起こしたのに、三番目の王妃は我が子こそ王位に就くべきだと主張する欲深い女だった。

トリンギア王国の三王子の派閥争いは、国内に留まらず有名だ。国王に老いの兆《きざ》しが強く見え始めた昨今、王位争いは水面下で激化している。

しかし気の毒なのは当事者たちだ。第一王子は暗殺の危機に怯《おび》えますます体を悪くし、第二王子のアルフレッドは王宮にいたくないとばかりに率先して戦場へ出ている。母に担ぎ上げられた第三王子は自分こそが王位に相応しいと勘違いし、ふたりの兄を敵視している有様だった。

人間の事情は詳しくわからないなりに、飛竜たちはアルフレッドのそんな苦悩を見てきた。彼には恩義や忠誠以外に、同情の気持ちを抱いている者も多い。

「戦場で友達の兵士に暗殺されそうになったこともあったんだよ！」

「あのときはビックリしたよねえ、みんなでアルフレッド様を守ろうと大騒ぎだったっけ」

飛竜たちは口々にアルフレッドのことを話す。当の本人は奥の竜房を回っており、こちらの話し声は聞こえていないようだ。もっとも、聞こえたところで彼にとっては鳴き声でしかないのだが。

全く知らなかった彼の苦悩を聞いて、ユランの顔がどんどん顰められていく。琥珀《こはく》色の瞳にはいっぱいに涙が溜まっており、それを零すまいと唇を無理やり引き結んでいた。

「酷い。あんなに優しいアルフレッド様が、どうしてそんな目に遭わなくちゃならないの？」

浮かんだ涙はついに堰《せき》を切って溢れ出し、頬を伝ってポロポロと零れた。

「人間はおろかだわ。竜なら絶対に家族や同胞を大切にするのに。私が人間になるんじゃなく、アルフレッド様が竜に生まれればよかったんだわ」

父が時々人間のおろかさを語っていた理由が、今ならばよくわかる。同胞や共同体を大切にする竜のユランから見れば、家族で傷つけ合うなど愚の骨頂《こっちょう》だ。ましてや国王は民を守り導く偉大な存在でなければならないのに、その座を手に入れるために誰かを貶《おとし》めるのでは本末転倒《ほんまつてんとう》ではないか。この国の行く先に不安さえ覚える。

アルフレッドがそんなおろかな派閥争いに巻き込まれていたことに強い怒りと悲しみが湧くが、泣いてばかりいてもどうしようもない。

ユランはシャツの袖でゴシゴシと顔ごと涙を拭くと、アルフレッドのもとへ駆けていった。

「アルフレッド様！」

奥の竜房で飛竜たちの頭を撫でていたアルフレッドの背中に、ユランは縋《すが》るように抱きつく。当然彼は仰天し、零れ落ちそうなほど目を開いて振り返った。

「な、なんだ急に！」

「アルフレッド様は私が守ります！　誰かに意地悪されたら言ってください、私が怒りにいきますから！」

唖然としていたアルフレッドだったが、ユランの言葉を聞いてたちまち表情を曇らせ、辺りを見回した。

「……誰かに何か聞いたのか」

そう尋ねたものの、厩舎には他に誰もいない。ギャアギャアとお喋りしているのは飛竜だけだ。アルフレッドは小首を傾げながらもユランの腕を引き剥《は》がし、向かい合って言った。

「何を聞いたか知らんが、お前に同情される謂《いわ》れはない。見くびるな」

冷ややかな眼差しで告げられユランの胸がズキリと痛む。けれどすぐに眉を吊り上げると、爪先立ちをして背の高い彼に噛みつくように訴えた。

「同情じゃないわ、私は怒ってるの！　私の大好きなアルフレッド様が意地悪をされたら悲しいし、怒るに決まってるじゃない！」

「傲慢《ごうまん》だな、何様のつもりだ。怒ったところでお前に何ができる」

「言ってもわからない相手には力を見せつけていいって、お父様は言ってたわ！」

ユランはギュッと両のこぶしを握りしめる。横暴《おうぼう》にも思える解決方法は、善性が強くヴィリーキイ一族が絶対的な王である竜だから成り立つ手段だ。当然人間社会では通用しない。

しかし怪力のユランが言うとそれは違う意味で説得力があった。アルフレッドは目が点になったあと、彼女が義母や大臣らをちぎっては投げちぎっては投げしている様子を思い浮かべて、盛大に噴き出した。

「フッ、クク……ッ、あははははは！」

悲しい話をしていたはずなのに、いきなり笑いだしたアルフレッドに驚いて今度はユランの目が点になる。アルフレッドは笑いを抑えようと口もとを手で覆って顔を背けるが、なかなか止まらないらしく肩を震わせていた。

「クク……それはいい。こんな小柄な娘に投げ飛ばされたら、あいつら驚いて腰を抜かすぞ」

キョトンとしていたユランだったが、彼の笑い顔を見ているうちに自然と口角が上がってくる。そして鼻息荒く誇らしげに胸を張った。

「でしょう⁉　私なら人げ……トリンギア王国の人に負けないわ！　だからアルフレ

ッド様に意地悪する人は私が懲らしめます！」

「ああ、もういい。わかった、わかった。言っておくが本当にそんなことをするんじゃないぞ。牢に入れられるどころか、その場で首を刎《は》ねられかねないからな」

やる気満々だったのに止められてしまいユランは一瞬ガッカリしたが、アルフレッドが笑い終えても再び顔を曇らせないのを見てホッとした。

アルフレッドは柔らかな笑みを浮かべ、ユランを見つめている。ランプの灯りが映り込んだ青い瞳が綺麗で、ユランの胸が心地よく高鳴った。

「……全く、お前はやることも言うことも滅茶苦茶だ。けど、お前を見ていると俺の悩みなどちっぽけに思えてくる。俺は……いや、誰もがみんな、小さなことに囚われすぎて勝手に窮屈になっているのかもな」

そう語る声は、今まで聞いた中で一番優しかった。胸の高鳴りが止まらないユランの頬を、アルフレッドの手がそっと撫でた。

「目もとが赤い。頬も鼻もだ。泣いて顔を擦ったのか？　自由闊達《かったつ》なのはいいが少しは自分を丁寧に扱え。せっかく可愛い顔をしているのに」

「か、可愛い……？」

ユランは自分の頭と顔がどんどん熱を持っていくのがわかった。火照《ほて》りすぎてこのままでは炎を吐いてしまいそうだ。アルフレッドに可愛いと思われることはものすごく嬉しいのに、いざそう伝えられると嬉しさを超えて激しく動揺してしまう。

心音は自分でもビックリするほど煩いし、けれど夢心地のように幸せで、こんな心身の状態は初めてだった。

一方アルフレッドは迂闊に『可愛い』などと言ってしまい軽薄だと自省したのか、ハッとしてユランから手を離すと慌てて背を向けた。そして不自然な咳払いを何度かすると、「もう遅い時間だ。早く帰って寝たほうがいい」とぎこちなく告げた。

「は……はい。もう遅い時間なので早く帰って寝ます」

すっかりのぼせた頭はうまく働かなくて、ユランは彼の言葉を繰り返してからギクシャクとした動きで出入り口へと向かう。本当はもっとふたりでいたい、お喋りを続けたい気持ちとは裏腹に、これ以上彼の側にいたら心臓が爆発しそうで逃げ出したかった。

ときめく気持ちに翻弄されながら厩舎の出入り口まで来ると、後ろから「ユラン」と呼びかけられた。名を呼ばれたのは初めてで、ユランの心臓が口から飛び出しそうになる。

おずおずと振り返るとアルフレッドはこちらを見ていて、口もとに弧を描いたまま

「おやすみ」と告げた。それは決して大きな声ではなく、ふたりの距離は開《ひら》いていたにもかかわらず、まるですぐ側で囁《ささや》かれたようにユランの耳ははっきりと捉えた。

「おっ、おっお、おやすみなさいっ」

ユランの顔が熟《う》れた林檎《りんご》のように真っ赤になる。人間は胸がドキドキしすぎると声が裏返るということを初めて知った。

厩舎の外に出るとユランは猛ダッシュで宿舎へと向かった。けれどこの気持ちを抱えたままでは大声で吠えてしまいそうなので、宿舎の周りを十周ほど走ってから気持ちを落ち着かせた。

空にはすっかり高く昇った月が浮かんでいる。さっきはあんなに切なく見上げた月が、今は天から降り注ぐ光の恵みのようだ。

きっと今なら月を掴まえられそうな気がして、ユランは両腕を伸ばす。当然掴まえたのは虚空だったけどユランはそのまま自分を抱きしめ、溶けそうな甘い気持ちが全身に満ちているのに深く感じ入った。

「ユラン様、ユラン様！　ご飯が桶から溢れてますよ！」

ボーッとしていたユランは飛竜に翼でペシペシと叩かれて、餌桶に飼料がうず高く盛られた挙げ句ポロポロと零れているのを見てハッとした。

「いけない！　ごめんなさい！」

慌てて零れた飼料を拾い集め、盛りすぎた飼料は隣の飛竜の餌桶へと移す。そして心配そうにジッと見つめてくる飛竜たちに、「大丈夫、うっかりしちゃっただけよ」とウインクをして笑ってみせた。

しかしユランはちっとも大丈夫ではなかった。餌と砂の袋を間違えるし、掃除中には何度もつまずくし、水汲みに井戸へ向かってもそのまま通りすぎてどこかへ行ってしまったのだから。

何故大丈夫じゃないか、ユランはわかっている。昨夜アルフレッドとお喋りしてからずっと彼のことしか考えられない。『可愛い』の言葉が、頬にふれてきた手の感触が、まっすぐに見つめてくる瞳が、『ユラン』と呼んだ声が、『おやすみ』の囁くような声が、全部頭から離れなくて何度も夢心地を反芻《はんすう》している。

あれから爆発しそうな胸の高鳴りは静まったものの、彼のことを想うたびに鼓動は加速した。

恋に堕ちたときもときめいて胸がいっぱいで切なさも覚えたけど、今はさらに重症だ。もはや〝好き〟なんて単語だけじゃ表すことができない、アルフレッドがいなければ生きていけないのではと思う。

「ああ、アルフレッド様……アルフレッド様……」

ユランはうっとりと夢見るような瞳のまま、水汲み用のバケツを持ってフラフラと歩いた。熱に浮かされたような顔は完全に恋の病にかかった顔だ。

（今すぐに会いたい。また私を見つめて名を呼んでほしい。けどこんなに好きになってしまって、なんだか会うのが怖いわ。どうしよう）

勇猛果敢《ゆうもうかかん》な聖竜をこんなに憶病にさせてしまうアルフレッドはすごいとユランは感心する。そして恋煩いの溜め息を深く吐き出したときだった。

「おい、そこの厩務員！　聞こえないのか！　ここは立ち入り禁止だ！」

「え？」

突然肩を掴まれ振り返ると、困惑顔をした衛兵がふたりがかりでユランを止めているところだった。

驚いて辺りを見てみると、井戸どころか全く知らない場所だった。蔦薔薇《ばら》の絡んだ高いアイアンフェンスが目の前で、すぐ側には本宮殿がある。

「やだ、ボーッとしてたら変なところに来ちゃった。ここはどこ？」

慌てたユランがキョロキョロしながら聞くと、衛兵は呆れた顔をしながらも「ここから先は第三庭園だ。許可のない者は立ち入り禁止となっている、早く厩舎へ戻れ」と、ユランがもと来た方向を指さしながら教えてくれた。

どうやら王族や一部の貴族などが散歩やお茶会に訪れる花園のようで、中からは女性の楽しそうな笑い声が聞こえた。花のいい香りも漂っている。

(人間は自然のままじゃなくわざわざ花を植えて愛でるって、ずっと前にシーシルが教えてくれたっけ。きっとこの場所がそうなのね)

中が覗いてみたくてユランは首を伸ばしたが、衛兵はそれを塞ぐように体で視界をガードし「早く戻れ」と犬を追い払うように手を振った。

「何よ、ケチねえ」

粗雑な扱いにユランが頬を膨らませて踵を返そうとしたとき、少し離れた庭園の門から、キャッキャと楽しそうに話を弾《はず》ませている女性の集団が出てきた。

彼女たちは誰もがレースのついた日傘を差し、色鮮やかなドレスを着ている。花やリボンやフリルをふんだんに使ったそれは可愛らしさの塊《かたまり》で、ピンクに青にオレンジとまるで彼女たち自体が咲き誇る花のようだ。

ユランは彼女たちに思わず釘づけとなった。ケッコンの白い服も綺麗だと思ったが、カラフルな服もとても魅力的に見える。それに近くでドレスを見たのが初めてということもあって、細かな装飾の可愛らしさも非常に目を引いた。

（服にはあんな花みたいなものもあるのね。私も着てみたいな。そうしたらきっと、アルフレッド様も可愛いって思ってくれるかも）

そんなことを考えてまたもやユランの瞳がうっとり夢心地になった。頭の中ではアルフレッドが優しく見つめながら『可愛い』と言ってくれる想像が浮かぶ。

そのときだった。幸せな気分に浸っていたユランの耳に、さっきとは種類の違う笑い声が届く。

「まあ酷い恰好。よくあんなに泥だらけで王宮の敷地を歩けるわね」

「本当ですわ、汚らしい。カトリーヌ様のお側へ来させないように気をつけなくっちゃ」

「どうしてあのような者が王宮の敷地にいるのかしら。衛兵はあの子をつまみ出せばいいのに」

ユランは初めよくわかっていなかったが、彼女たちの目がこちらに向いていることに気づき、自分の姿をキョロキョロと見回す。着ているのは男性用のシャツと脚衣に作業用のブーツ。同僚からもらったおさがりを、下働きの女性たちが手直ししてくれたものだ。

掃除の途中だったので当然泥だらけだが、いつものことなので気にしていなかった。顔も髪も服も水で洗えば綺麗になるので、汚れるのを嫌がったことなどない。

ユランはムッとした。確かに自分は汚いが、それは仕事を一生懸命やったからだ。嘲笑《ちょうしょう》される謂れはない。そもそも人の恰好を見て笑うという意地悪な行為が、じつに気に食わない。

「あなたたち、どうして私を笑うの？　私はさっきまで飛竜のお世話をするお仕事をしていたの。汚れるのは当然でしょう」

ユランはツカツカと女性の集団に向かって歩いていく。衛兵が「コラ！　やめろ！」と腕を掴み止めようとしたが、軽く振り払った。

「きゃあっ！　こっちへ来たわ！」

「ち、近寄らないで！　この方はカトリーヌ王女殿下よ！　指一本でもふれたら牢屋に入れてやるから！」

「衛兵！　早くこの汚い女を捕まえなさい！」

まさかユランが反論してくるとは思わなかったのだろう、女性たちはみっともなく狼狽えながらギャアギャアと喚《わめ》き散らした。

自分たちから貶《けな》したくせに反論されたら臆して大騒ぎするなど、なんてみっともなないのだろうとユランは呆れる。胆力が美徳である竜からすると、こんなに醜いことはない。

「ん？　……カトリーヌ？」

ふとユランは彼女たちが口にした名前に聞き覚えがある気がして、首を傾げて考えた。記憶を遡《さかのぼ》りそれが例のドワイランド王国の王女だと思い出して「あーっ！」と大声を上げる。

「ドワイランド王国の嘘つき王女！　あなたなのね！」

ここで会ったが百年目。自分の手柄をまんまと横取りした憎い相手との邂逅に、ユランはカンカンに怒って眉を吊り上げた。

年の頃はユランと同じか少し上だろうか、茶色の髪を高く結い上げ、目もとに濃い色の化粧を施《ほどこ》している。これが人間の美的感覚では美しいのかわからないが、やけに高圧的に見えた。

いきなり嘘つき呼ばわりされたカトリーヌは唖然としたあと顔を引きつらせ、「う、嘘つきですって⁉　なんてことを言うの、この無礼者！」と憤慨《ふんがい》した。嘘を認めないどころか無礼者呼ばわりしてきたカトリーヌに、ユランはますます憤る。

「大嘘つきでしょう！　だってアルフレッド様を嵐から助けたのはあなたじゃないも

の！」

「んまあっ何を言いだすのよ！　衛兵！　さっさとこの小汚い女を牢にぶち込みなさい!!」

「あなた本当に卑怯《ひきょう》ね！　嘘をついてアルフレッド様に近づくわ、言い返される勇気もないのに人を貶すわ、本当のことを言われたら牢屋に入れようとするわ、最低だわ。あなたも王女ならもっと誇り高く生きたらどうなの！」

ユランにまっとうな非難をされて、カトリーヌは顔を真っ赤にして震えている。怒りのあまり声も出ないようだ。共にいた女たち……おそらく側仕えだろう……は面食らった様子だったが、すぐにカトリーヌの代わりにユランに向かって吠えた。

「この下賤《げせん》な女め！　あっちへお行き！　これ以上カトリーヌ様に近づいたら許さないからね！」

「よくもカトリーヌ様を侮辱したわね！　お前なんか一生牢から出られないようにしてやるわ！」

さらには衛兵も再び駆けつけ拘束しようとしたが、ユランが腕をブンと振ると軽く飛ばされていった。それを見てカトリーヌたちが「ひっ⁉」と青ざめる。

「牢になんか入るものですか。私は悪いことをしてないもの」

ユランは腰に手をあてて、側仕えたちに向かって言った。あれほどピーチクパーチクと騒いでいた側仕えたちは青い顔をして口を引き結びブルブルと震えている。しかしカトリーヌは彼女らの陰に隠れながらも、扇でユランを指して怒鳴った。

「よ、よく言うわ！　人を嘘つき呼ばわりして悪いことをしていないですって⁉　あなたこそ大嘘つきよ、だってあなたの言うことにはなんの証拠もないじゃない！　全部でたらめだわ！」

咄嗟《とっさ》に「なんですって！」と言い返そうとしたユランだったが、ハッとしてすぐに口を噤んだ。カトリーヌの言う通りだ、彼女が嘘を言っているという証拠がない。いや、証拠を出せない。何せ唯一の証拠は、ユランがアルフレッドを助けた聖竜である事実ただひとつなのだから。

黙ってしまったユランを見て、カトリーヌがニヤリと口角を上げる。側仕えの後ろから出てきた彼女は扇でユランを指しながら、ズイズイと向かってきた。

「ほーら、言い返せないじゃない。でたらめを言って王女である私を散々貶して、あなたのほうがよっぽど卑怯者だわ。身の程知らずな汚い女！」

ユランが証拠を出せないことに安堵したのか、カトリーヌは水を得た魚のように活き活きと責め立てる。側仕えらも近づかないようにしつつ、「誰か、早くこの女を捕まえて！　カトリーヌ様を侮辱した罪人よ！」と再び喚きだした。

「でたらめじゃないわ！　だって、だってアルフレッド様を助けたのは……！」

「私なんだから」という言葉が喉元まで出かかって、ユランは唇を噛んだ。言っては
いけない。言った瞬間にもとの竜の姿に戻って二度と人間になれなくなってしまう。

せっかくアルフレッドと仲よくなり始めたのに、ここで台無しにしたくない。

「う、う……」

悔しくてユランの握りしめた手が震えた。人間はなんて意地悪なんだろうと痛感する。ましてやこんな女性がアルフレッドと番になるなど、絶対に嫌だと思った。周囲の人間に散々意地悪をされてきた彼に、さらに意地悪な番などあてがわれたら可哀想すぎる。

そのとき、水を汲みにいったまま戻ってこないユランを探して、同僚の厩務員が庭園前までやって来た。

「ユラン、こんなところにいたのか。あんたどこまで水を汲みにいくつもりだったんだい？」

先輩の厩務員……オディロンはユランのもとまで駆けつけたあと、カトリーヌと側近の令嬢たちの何やらただならぬ雰囲気を感じ取ってビクッと肩を跳ねさせた。

「こ、これはカトリーヌ殿下。ごきげんよう。……えーと」

「あなたこの無礼な女の知り合い⁉　こいつ何者なのよ！」

案の定カトリーヌに食って掛かられ、オディロンは冷や汗をかきながらしどろもどろに話す。

「まあ知り合いといえば知り合いっつうか、ちょっと面倒をみてやってるっつうか」

「カトリーヌ様、この者おそらく竜の厩務員ですわ」

オディロンの恰好を一瞥《いちべつ》した側仕えが、カトリーヌにそう耳打ちする。王室厩務員は皆、上着にそれとわかるリボンをつけている。正式な厩務員でなく公にできない存在のユランだけはつけていないが。

「きゅ、厩務員ですって⁉」

カトリーヌは信じられないとばかり目を剥いた。そしてよく見るとリボン以外はオディロンと同じ恰好をしているユランをマジマジと見つめ、「まさかこの女も飛竜の厩務員なの⁉」と再び扇で指さした。

「女の身分で厩務員だなんて、信じられないわ。それも王宮の飛竜なんて、アルフレッド様の竜騎兵団の竜じゃない！」

飛竜の厩務員は官職だ、基本的に貴族に連なる男性しか就けない。ましてや体力もいるし汚れたりもする。到底女性が就ける仕事ではない。

カトリーヌは眉根を寄せる。家畜の世話をするユランを蔑《さげす》む気持ちと、アルフレッドの大切な飛竜を任されている妬《ねた》ましさが混じった顔だ。どちらにしろ彼女がますますユランを嫌いになったのは言うまでもない。

「こ、こんな女すぐにクビにしなさい！　そして牢に入れるのよ！　この女は私を侮辱したんだから！」

突然とんでもない責任を押しつけられオディロンは「えぇぇ……」と狼狽える。眉を八の字に下げ「何したんだ、ユラン。ほら、カトリーヌ様にごめんなさいしろ」と促《うなが》すが、ユランは「私は悪くないわ！」と頑として頭を下げようとしないので、ほとほと困り果ててしまった。

「この無礼な女が謝るものですか、いいから牢に入れなさい！」

ギャンギャンと喚くカトリーヌに、オディロンは頭を掻きながら「よく言って聞かせるんで、それは勘弁してください。こいつ、あるお方から預かってるんですよ」とボソボソと説明した。

「は？　それが何よ。この私が、カトリーヌ王女が言ってるのよ！　預けたのが誰だか知らないけど、私の命令に背いていい理由にはならないわ」

「いやしかし」

「言うことを聞かないならあなたも牢に入れるわよ！」

歯切れの悪いオディロンにカトリーヌは苛立《いらだ》ちを募らせる。自分まで巻き添えで投獄されそうになり、オディロンは冷や汗をかきながら「すまん、ユラン」と呟いてから、カトリーヌに小声で告げた。

「ユランはアルフレッド様がどこからか秘密裏《ひみつり》に連れてきた娘なんです。だからさすがに牢に入れるわけには……」

「……は？」

カトリーヌの目が点になる。何回か瞬きをして側仕えたちと顔を見合わせ、それから「なんですって!?」と喚き慄《おのの》いた。

「しーっ、しーっ！　どうかご内密に！　我々もアルフレッド様から口止めされております、厩舎長も彼女のことを知りません」

唖然として震えているカトリーヌたちを見ながら、ユランはどうしてそんなに驚かれるのかよくわからなかった。しかし王子がコソコソと女を匿《かくま》っているとすれば、普通連想するのは愛玩《あいがん》的なものだ。アルフレッドが庶民の女を気に入り、厩務員という体《てい》でこっそり王宮敷地内に住まわせ、夜ごとに可愛がっていると誤解されても仕方がなかった。

まだアルフレッドとダンスさえ踊ってもらったことのないカトリーヌは激怒した。こんなわけのわからない汚い庶民の女に負けたのかと思うと、プライドはズタボロである。

「け、けけけ汚らわしいっ！　アルフレッド様を誘惑するなんて、なんて卑《いや》しい女なの！　近寄らないで！」

激高《げっこう》したカトリーヌは力任せに扇を投げつけてきた。ユランはそれを指先でキャッチする。彼女が突然取り乱した理由がやっぱりわからない。

「誘惑？　卑しい？　私のことを言ってるの？　失礼ね」

再び詰め寄ろうとしたユランだったが、オディロンに腕を掴まれて「コラ、もう戻るぞ！」と叱られた。考えてみたら掃除の途中だったので、ここで油を売っている場合ではなかったと思い直す。

「お掃除に戻らなくっちゃ。えーっとどこまで綺麗にしたか忘れちゃったわ」

ユランは駆け戻ってきた衛兵にカトリーヌの扇を渡すと、バケツを抱え直してスタスタと厩舎へ戻っていった。オディロンは「そ、そういうことですんで。どうかご内密に。失礼いたしました」と頭をペコペコ下げながらユランのあとを追っていく。

カトリーヌたちは「覚えてらっしゃい！　あんたなんか！　あんたなんかー！」と悔しそうに叫んで地団駄《じだんだ》を踏んだが、さすがにアルフレッドのお気に入りを投獄はできないと思ったのか「牢に入れろ」とはもう言わなかった。

三章　乙女は花のように

「ははは！　あのカトリーヌ王女とやり合ったのか」

その日の夜、厩舎にやって来たアルフレッドにユランは昼間あったことの顛末《てんまつ》を話した。

あれからオディロンに『余計なことをするな、アルフレッド様にご迷惑がかかるんだぞ』と叱られたユランは、それはいけないと反省したが、彼の反応は意外なものだった。

「アルフレッド様は怒っていないの？　私は迷惑をかけていない？」

ユランはおずおずと尋ねてみたが、アルフレッドは「怒ってなどいない」と首を横に振りながら答えた。

「カトリーヌ王女は俺の命の恩人だが……ただそれだけだ。礼はもう存分にしている。彼女が誰と何を言い争おうが、俺には関係ない」

おや？　と思い、ユランは目をしばたたかせた。シーシルの情報では彼女は嘘をついてアルフレッドの番候補になったはずだった。しかし彼の口調からは、そうは感じられない。

「カトリーヌ王女はアルフレッド様のつが……えーと、ケッコン相手ではないのですか？」

ユランが尋ねると、今度はアルフレッドのほうが目をしばたたかせる。

「なんだ、そんな噂まで知っているのか。……それはドワイランド国側と廷臣たちが勝手に言っているだけだ。俺は了承どころか検討したこともない」

「けど、隣の国の王女なのにこの王宮に住んでいるわ」

「……王妃殿下の命令だからな」

さっきまで和やかだったアルフレッドの雰囲気が一変する。眉根を寄せ僅かに顔を背けたのを見るに、どうやら彼にとっては不快な話のようだ。

非常に気になるし困っているのなら助けてあげたいと思うけど、むやみやたらに問い詰めるのもよくない。現に彼は昨日、心配したユランに『同情するな』と一度は突き放したのだから。

「あのね、アルフレッド様。それで……私を厩舎へ置いているのがアルフレッド様だって、カトリーヌ王女たちに知られちゃったんです。厩舎長や王宮の人には内緒なんでしょう？　ごめんなさい。アルフレッド様、誰かに叱られてしまうかしら」

ひとまずユランは謝らねばならないことを謝罪する。オディロンにもそこを厳しく注意された。これが原因でアルフレッドに迷惑をかけることがあったら申し訳ない。

アルフレッドは「そうか……」と呟いて少し口を噤んだが、「まあ、いつまでも隠し通せないしな。そろそろ潮時だった、別に構わない」と開き直ったように言った。

「アルフレッド様が誰かに叱られたら私が謝ります。私がここまで押しかけたんですもの」

「誰も叱りやしないさ。心配するな」

「……私はもうここへはいられなくなる？」

「そんなことはない、俺がそうはさせない。それともお前はここから出ていきたいのか？」

「まさか！　ここは飛竜たちもいるし、なんていったってアルフレッド様と会えるんですもの。ずっといたいわ」

「なら、いたいだけいればいい」

アルフレッドはずっと穏やかな笑みを浮かべている。『いればいい』と言われたユランも安堵から、ようやく顔を綻《ほころ》ばせた。

「ああよかった！　オディロンに言われてからずっと心配だったんです」

「なんだ、それで珍しくしょんぼりとしていたのか」

アルフレッドはクスクスと小さく肩を揺らした。彼は人前では滅多に表情を崩さなかったのに、昨日笑ってからまるで別人みたいにユランに笑顔を見せてくれる。ユランはそれが嬉しくて、一緒になって「へへっ」と肩を竦《すく》めて笑った。

「しかし、あのカトリーヌ王女に食って掛かるとはな。王妃殿下の後ろ盾があるからと随分幅を利かせていたから、まさか噛みつかれるなどと思ってもいなかったろう。ククク……知らなかったとはいえ、お前は本当に怖いもの知らずだな」

竜にとっては勇気こそ美徳だ。怖いもの知らずと言われるのはもはや称賛を通り越して、当然の評価でさえある。

「私の国では敵を前にして怯むのは恥ずかしいことですもの。カトリーヌ王女は一生懸命働いた私を馬鹿にしたの、言い返さなくちゃ聖りゅ……一族の名折れだわ」

鼻息荒く答えたユランに、アルフレッドは空いている竜房の柵に凭れ掛かりながら感心したように腕を組んだ。

「お前の一族や父君というのは、娘に随分と勇ましい教育を施したのだな」

勇気は一歩履《は》き違えると無謀や傲慢に繋がる。兵士でもない女のユランに勇気の重要性を説き高潔《こうけつ》に育てるとは、変わった教育方針だが立派なものだとアルフレッドは思った。

そしてひと月前の出会いを思い出し、からかうように目を細める。

「そうだ、最初からお前は怖いもの知らずだったな。裸で訓練場へ入り込み俺に話しかけてきたのなんて、あとにも先にもお前以外いないに違いない」

「あ、あれは！　服というものをよく知らなかったんですもの！　今はもう人前で裸になりません！」

服の重要性を知った今なら、彼に全裸を見せてしまったことがどれほど恥ずかしいことかわかる。それをからかわれてしまい、ユランは顔を赤くして手で覆った。

そんなユランを見るアルフレッドの顔は、じつに楽しそうだ。ユランに対する純粋な好奇心が瞳に煌めいている。

「あ、そうだわ」

服の話をしていて昼間のことを思い出したユランは、パッと顔を上げた。

「カトリーヌ王女たちはとっても綺麗な服を着ていたんです。たくさんの色があって、お腹から下が薔薇の花みたいに膨らんでいるの。よく見ると飾りもいっぱいついていて……あれはなんという服なのですか？　どうしてカトリーヌ王女たちだけ花みたいに綺麗な服を着ているの？」

ユランはあれからずっとあの服のことが気になっている。

周囲に下働きの女性はいるが、着ているのは質素なシャツとスカートだ。キビキビと働く彼女たちのスカートにペティコートはついていないので、ドレスとはまるで違う。竜のときに貴族や王族の女性を見たことはあったが、遠目だったのでドレスがこんなふうに華やかなものだとも知らなかった。

つまり、ドレスをしっかり視認したのは今回が初めてなのである。

アルフレッドは「ん？」と一瞬不思議そうな顔をしたが、「そうか、ドレスを見たことがなかったのか」と納得したように呟いた。

「あの花みたいな服はドレス、というのですか？」

「ああ。主に貴族女性や王族女性の召し物だ。彼女たちは庶民のような労働をしないから、動きにくくても華やかな恰好をする。強いて言えば、美しく着飾るのが彼女たちの仕事だ」

「ふーん。アルフレッド様はドレスがお好き？　可愛いと思う？」

ユランに小首を傾げて尋ねられ、アルフレッドは「見飽きている。別に好きでも嫌いでもない」と正直に答える。それから少し何かを考えてから「……お前はドレスが着たいのか？」と尋ね返した。

「はい！　だってとっても可愛いもの！　あ、でも……アルフレッド様があまりお好きじゃないなら、着なくていいかも」

ユランとしては可愛いものに対する好奇心が半分、アルフレッドに「可愛い」と褒められたい気持ちが半分だ。しかしドレスを見飽きている彼にそれを期待するのは難しそうで、興味が半分に失せる。

アルフレッドは再び少し考え込むと、柵に凭せ掛けていた体を起こしてから口を開いた。

「着たいのなら着てみたらいい。お前は毎日よく働いていると厩務員たちから報告を受けている、褒美《ほうび》に一着贈ってやろう」

まさかの彼の言葉に、ユランの頬がたちまち薔薇色に染まった。百八十年生きてきて、こんなに嬉しい贈り物は初めてだ。

「本当!?　本当に私にドレスを!?」

「ああ。用意してやるから半月ほど待て」

「……っ！　アルフレッド様、大好き！」

喜びの爆発したユランはピョンピョンと飛び跳ね、思わずアルフレッドに飛びついてしまった。抱きつかれたアルフレッドは一瞬狼狽えたが、すぐに顔をクシャッと綻ばせると「楽しみにしていろ」とユランの頭をポンポンと撫でた。

アルフレッドは上機嫌だった。

昔から世話になっている仕立屋に婦人用の服職人を紹介してもらい、ドレスを一着オーダーした。ミントグリーンの軽やかな印象のドレスだ。きっとユランのピンク色の髪に似合うに違いない。

ドレス用の靴も小物も持っていないだろう彼女のために、それらも一式揃えた。女性のおしゃれなど微塵《みじん》もわからないので服職人に全て任せたが、悪いようにはしないだろう。

ドレスの仕上がりに合わせて理髪師も手配した。もちろん着替えを手伝う女中らもだ。あとは半月後のドレスの仕上がりを待つばかり。

軍務部にある執務室で書類仕事をしながら、アルフレッドの胸は弾んでいた。こんなにワクワクする気持ちはいつ以来だろう、遥か昔まだ実母が生きていた頃以来かもしれない。

(せっかくめかしこんでも宿舎から出られないのは可哀想だな。飛竜の訓練場まで散歩させるくらいなら……いや、庭園を貸しきって人払いすれば……)

ドレスを着たユランを想像して、アルフレッドの口角が上がる。彼女はきっと瞳を輝かせて大喜びするだろう。姿見に自分を映してクルクルと全身を眺めるに違いない。

毎日の労働で肌は日に焼けてしまっているし髪もいつもひと括りにしているだけだが、化粧をして綺麗に髪を結い上げてやれば、さぞかし美しくなることだろう。そんな自分自身を見てユランがなんと言うか、想像しただけで楽しくて仕方なかった。

「……アルフレッド様、何かよいことでもございましたか？」

ふいに声をかけられて、アルフレッドは書類を取りにきたベナール少尉が部屋にいたことを思い出す。すかさず表情を引き締めたが、緩んでいた表情を見られたあとだった。

「せ、先週、飛竜の卵が孵《かえ》っただろう。無事に孵ってよかったと思っていただけだ」

咄嗟に口を突いて出た言いわけだったが、ベナール少尉は「ああ、そうでしたね。子は雄でした、きっとよい軍竜になるでしょう」と納得し同意した。

棚から必要な書類を揃えたベナール少尉は「では、失礼いたしました」と部屋から出ていく。ホッと安堵したアルフレッドは椅子《いす》から立ち上がり鏡の前へ行くと、自分の口角が無意識に上がってしまっていないか確認した。

僅かに口もとを綻ばせただけで部下が気づくぐらい、普段のアルフレッドは表情を崩さない。彼を知る者の中に、彼の心からの笑顔を知っている者が果たして何人いるだろうか。

実母が生きていた頃はよく笑う子供だったと思う。アルフレッドが決定的に笑顔を奪われたのは、三歳で実母が亡くなってから——いや、五歳のときに遭った毒殺未遂からだ。

幸い一命はとりとめたものの、半年は体に不自由が残った。回復と不調を繰り返すベッドの中で、アルフレッドは第二王子という自分の立場がどのようなものかを理解するようになった。

毒殺を試みた犯人が誰であるかはわかっていない。ただこの頃から義母の態度があからさまに冷たくなった。子供だったアルフレッドに詳しいことはわからないが、もう義理の息子に優しい態度を取り繕う必要はないと判断したのだろう。

それからの王宮暮らしは地獄だった。本人の意思とは関係なく大勢の大人が派閥を作り、罪のない王子たちを勝手に憎んだ。陰謀、愛憎、名誉、金。大人たちは汚らしい欲望を笑顔の仮面で隠し、甘い言葉でアルフレッドに近づく。そして彼の心を開かせては裏切るということを繰り返した。

幼い頃は仲のよかった兄弟とも、次第に心が離れていった。仕方がない、そうなるように周囲に仕向けられたのだから。

年齢が上がるにつれ裏切るのは大人だけでなく、友と思った者までも腹に一物《いちもつ》抱える輩《やから》ばかりになった。

『アルフレッド様、私を信用してください』

『僕だけがあなたの味方です』

『あなたが王座に就くためならば、わたくしはどんなことでもいたしましょう』

アルフレッドにはもう人の心がわからない。誰が正しくて誰が嘘をついているのか。偽《いつわ》りの忠誠、下心を抱えた友情、欲にまみれた口で語られる愛。何もかももううんざりだった。

アルフレッドは軍務に邁進《まいしん》し、陰謀に染まった王宮から逃げだすように戦場へと出るようになった。

人が命を落とす戦場は好きではない。けれど明確に敵がわかるぶん、王宮よりはずっとマシだと思えた。それに何より、傍《かたわ》らには常に飛竜がいる。

アルフレッドは昔から竜が大好きだ。幼い頃に軍事パレードで竜騎兵団の整列を見てからその恰好よさに憧れ、飛竜の厩舎に入り浸るようになった。

竜は賢く誠実だ。敬意を持って接し心を籠めて世話をすれば懐いてくれる。信頼すれば戦場で持ち前以上の力を発揮してくれる。アルフレッドの思いを受けとめまっすぐに返してくれる飛竜は、いつしか彼の唯一の心の拠《よ》り所《どころ》になっていた。

権力争いに興味はない、王座になど就きたくない。王宮を離れ飛竜たちと旅ができたならどんなにいいだろうか。アルフレッドはそう願っていたが、彼ももう二十四歳だ。王子らには縁談という新たな厄介ごとが加わり、他国も巻き込んで王座争いは激化していく。

それぞれの派閥が王子の結婚相手として狙っているのは、超大国ガラタニア帝国の皇女だ。大陸の重鎮《じゅうちん》国であるガラタニア帝国と婚姻関係を結べれば箔《はく》がつくだけでなく、軍事、経済共にトリンギア王国に大きな利益をもたらせる。王宮での影響力が拡大するのは言うまでもない。

特に義母のジネット王妃は実子である第三王子のエドガーの妻に、ガラタニア帝国の皇女を熱望していた。

ガラタニア帝国も、大国のひとつであり近年飛躍的に軍事力を伸ばしているトリンギア王国を気にかけており、ここらでひとつ婚姻を結び友好関係を築いておくべきかと考えている。しかしガラタニア帝国が皇女の結婚相手として視野に入れているのは、病弱な第一王子のアンリでも、特になんの功績もない第三王子のエドガーでもなく、軍事力を底上げしてきた竜騎兵将軍の第二王子アルフレッドであった。

ジネットは憤慨した。アルフレッドはエドガーにとってまさに目の上のたんこぶだ。皮肉にも逃げた先の戦場で手柄を上げ続けたアルフレッドは王宮内外で最も支持率が高く、三兄弟の中で一番王座に近いと言われている。エドガーの支持率と影響力をここで押し上げるために、ジネット王妃にとってエドガーとガラタニア帝国の婚姻は絶対に譲れないものであった。

そんなとき、外遊に出ていたアルフレッドの船が嵐に遭い難破した。神に見放されたのか、はたまた政敵が船に潜り込み嵐に乗じて船底に穴を開けたのかもしれない。どちらにしろアルフレッドは海の藻屑になろうとしていた。

しかし偶然か奇跡か、彼は通りかかったドワイランド王国の船に助けられた。

ドワイランド王国はトリンギア王国と隣り合っている小国だ。王位争いが絶えず何度も王朝が変わり、今の国王もまだ二代目という歴史の浅さである。国土は沼が多くあまり農地に恵まれていないが、海に広く面しているため貿易で経済を回している。

ただしその貿易業には黒い噂が付き纏っていた。国際法に違反している物品を輸送したり、保護対象になっている動物を乱獲《らんかく》して秘密裏に取引したりしているという。

特に今の国王はそういった裏稼業を積極的に推し進める傾向があった。

王朝の歴史も浅く資源的に豊かでないドワイランドは一流国家とは呼べない。しかし国王は野心が強く、大国の仲間入りを果たしたかったのだ。違法であろうと金を稼ぎ国力を高める必要があった。

そんなドワイランドが大国トリンギアに、王子を助けるという大恩を売ったのだ。これを利用しない手はない。ドワイランドの国王は『これも神様が授けてくださった縁』とのたまい、王女のカトリーヌをぜひアルフレッドの妻にと婚姻を持ちかけた。

大国トリンギアと姻戚《いんせき》関係を築くことは国際的なステイタスになるからだ。

しかしトリンギアからしてみればいくら恩があろうと、小国ドワイランドと婚姻関係を結んで得になる話はひとつもない。本来ならお断り一択だ。

だがこの婚姻を推し進めることで得をする者がいた。ジネット王妃とエドガー王子だ。アルフレッドがカトリーヌ王女と結婚すれば、自動的にガラタニアの皇女との婚姻はなくなるのだから。

ジネットは『それは素晴らしいわ。神様の思し召《おぼしめ》しね』と、アルフレッドとカトリーヌの縁談を強引に進めようとした。しかし当然アルフレッドが首を縦に振るわけがない。ただでさえ妻など娶《めと》りたくないのに、国益になるわけでもない結婚をして何になろう。

おまけにアルフレッドはカトリーヌのことがどうにも好きになれなかった。アルフレッドの前ではやたらとしおらしく振る舞うのだが、目下《めした》の者には尊大な態度を取るのを何回も見た。人間が信頼できないアルフレッドにとって、裏表のある人間は最も嫌悪する存在だ。

頑なに結婚を拒むアルフレッドに対し、ジネットはカトリーヌをトリンギアの王宮に住まわせるという強引な手段を取った。ひとつ屋根の下で暮らさせれば既成《きせい》事実をでっちあげることなど容易い。あとはふたりが愛し合っているという噂を流し外堀を固め、アルフレッドの逃げ道を塞ぐだけだ。

ろくでもない人生にさらに最悪な道が敷かれ、アルフレッドはもはや生きることに辟易していた。いっそ戦場で飛竜と共に散ったほうがマシではないかとさえ思った。

この先の人生で幸福を覚えることも、心から笑えることもないだろう。そんな陰鬱《いんうつ》な気持ちを抱えていたある日のことだった。——不思議な娘と出会ったのは。

全く奇妙な娘だった。何せ着衣という習慣がなく全裸で現れたのだから、そのインパクトは相当のものである。おまけに細身の女とは思えぬ怪力だ。目撃した兵士の中には、彼女が人間かどうかを怪しむ声さえもあった。

ただ、彼女は非常に愛らしかった。見たところまだ二十歳にも満たない年若さで、表情も言動もじつに溌溂としている。クルンと睫毛の上がった大きな目は好奇心にキラキラと光っていて、まっすぐにアルフレッドを見つめる眼差しは純粋な好意に溢れていた。例えるなら、よく懐いた飛竜の眼差しに似ている。

きめ細かく真っ白な肌は深窓の令嬢を思わせるほどで、フワフワとした珍しい色の髪はブーゲンビリアの花のようだった。裸ではしゃいでいる姿は子供にしか見えないが、身なりを整え淑やかに振る舞えばさぞかし男性の目を奪う婦人になるだろう。

裸で訓練場に忍び込んでいた女など怪しい以外の何者でもないのに、有無を言わさず牢に入れなかったのは、彼女の眼差しが竜に似ていたからかもしれない。キラキラとした嘘を知らない琥珀色の瞳に、刹那絆されてしまった。

ユランと名乗った奇妙な娘は、知れば知るほど不思議な存在だった。

どこからなんのためにやって来たかもわからず、ただひとつ確かなのは彼女がアルフレッドを好きだということだけだ。

口を開けば繰り返すのはアルフレッドへの好意ばかり。もしやジネット王妃がアルフレッドを破滅させるために送り込んできた刺客かとも疑ったが、それにしては作戦が雑すぎる。色仕掛け以前に不審者として投獄される可能性のほうが大きい。

正直なところ、女性からの好意はアルフレッドにとって嬉しいものではなかった。

ただでさえ人を信じられぬのに、権力や名声目当てに寄ってくる女性などどうして受け入れることができよう。中には本当に恋をしている女性もいたかもしれないが、恋の駆け引きもアルフレッドにとっては煩わしいものでしかない。

それこそユランの好意も初めは全く信じていなかった。しかし彼女は側にいたいこと以外は何を求めるでもなく、気持ちを確かめるような鬱陶《うっとう》しい真似をするでもなく、ただアルフレッドを好きなだけである。あまりに単純で、疑うのも馬鹿らしくなってくる。

彼女を厩舎に置いたのは、何故そんなに飛竜に懐かれるのかという好奇心が湧いたからだった。けれど少なからず彼女自身に好奇心が湧いたことも、否めない。

何もかもが謎の娘。わかるのはアルフレッドへの好意のみ。それは単純明快《めいかい》で、素直すぎるほど素直な彼女の言動も相まって、こんがらがった人間関係に疲弊《ひへい》していたアルフレッドに心地よさを与えた。

厩務員生活を始めたユランは非常に働き者だと報告を受けている。最初こそトリンギア王国の習慣がわからなくて、食事や風呂など混乱したようだったが、覚えが早いのですぐに慣れたという。素直で明るい性格なので、厩務員や風呂番の女たちからは随分可愛がられているようだ。

アルフレッドが厩舎に行くとユランはすっ飛んできて、それはそれは嬉しそうに話しかけてきた。『今朝はレモンのジャムを食べました。アルフレッド様はジャムはお好き？』『アルフレッド様は飛竜を撫でる手が優しいわ』等々、たわいもない話題ばかりだが、それは長年彼が誰からも与えられなかった平和と安堵に満ちた会話だった。

いつしか厩舎に通う楽しみが、飛竜との時間だけではなくなっていた。明るく素直で呑気《のんき》なユランのお喋りにホッとしている自分がいることに、アルフレッドは気づき始めている。

心の深い部分にふれられても、彼女なら許せた。『私が守る』という言葉が頼もしくて、笑いが零れた。

涙が滲《にじ》むほど笑いながらアルフレッドはそのとき思った。もう一度だけ人を――ユランを信じてみるのもいいかもしれない、と。

「ユラン……」

アルフレッドは天真爛漫な彼女の笑顔を思い出し、小さく呟く。

もっと知りたい、謎に満ちた彼女のことが。どんな故郷で、どんな家族に囲まれて育ったのだろうか。

そしてもっともっとユランを喜ばせてみたい。あの太陽のような笑顔を絶やすことなく、側で見ていたいという願いが湧き上がった。

心臓が心地よくトクトクと鳴りだすのを感じ、アルフレッドは左胸に手をあてた。

自分の中で生まれ始めた感情に気づき、喜びと戸惑いの混じったなんともいえない気持ちになる。

（俺がこんな感情を抱くようになるなんて……）

フーッと深く恋の溜め息を吐き出したときだった。部屋のドアがノックされ、侍従が扉越しに声をかけてくる。

「アルフレッド殿下。ジネット王妃殿下がお呼びです」

それは夢心地から地獄のような現実へ引き戻される台詞だった。


「お呼びでしょうか、王妃殿下」

居間へ行くと、そこにはジネットとカトリーヌがソファに座っていた。カトリーヌは見せつけんばかりにハンカチで目を拭い、さめざめと泣いている。

ジネットが着席するよう促したが、アルフレッドは「すぐ公務に戻らねばなりませんので」と拒否しその場に立ち続けた。

「殿下、いいえ、アルフレッド。私は義母として悲しいです。誠実だと思っていたあなたが庶民の女などを王宮にこっそり囲っていただなんて。カトリーヌ王女に対する酷い裏切りだとわかってらっしゃるの？」

芝居がかった口調でそう叱責《しっせき》するジネットに、アルフレッドは鼻白む。

「アルフレッド様を責めないでくださいませ、王妃殿下。いけないのは私です。庶民の女に手を出すほどアルフレッド様が淋しい思いをしていらしたのに、気づかない私がいけなかったのです」

案の定、カトリーヌは涙ながらに健気な様を見せた。そして「まあ、カトリーヌ王女。あなたという人は、なんて優しい心の持ち主なの」とジネットが感激して褒めそやす。

なんと酷い三文芝居だとアルフレッドは俯いて呆れた溜め息を吐き出した。こんなことで心動かされる者がいるのならお目にかかりたい。

「アルフレッド。その庶民の女を今すぐ王宮から追い出しなさい。こんなにあなたを想っているカトリーヌ王女をこれ以上傷つけることは、私が……いいえ、この国の誰もが許しませんよ。あなたもトリンギアの王子なら恥を知りなさい」

まともに相手にするのも馬鹿らしいが、ユランが追い詰められる事態になるのは避けたい。アルフレッドは眉間《みけん》に寄せた皺《しわ》を隠すこともなく、重く口を開いた。

「何が悪いのか俺にはわかりません。カトリーヌ王女は恩人だが、俺の妻でも婚約者でもない。彼女を慮《おもんぱか》って俺の交友関係を制限せねばならない理由がありません。それにユ……あの娘とはそういう関係ではない。異国から来たが行くあてがないので厩舎の下働きをさせてやっているだけです」

妻でも婚約者でもないと言いきったアルフレッドに、ジネットとカトリーヌが声を合わせて「まぁっ！」と目を見開く。カトリーヌは「そんな……」と再び顔を覆って泣きだし、ジネットは眉を吊り上げて扇でテーブルを叩いた。

「アルフレッド！　なんて言い草ですか！　カトリーヌ王女との婚姻は両国国民の総意です。正式な手続きがまだ行われていないだけで、あなたたちはもう婚約者も同然なのですよ！」

「両国の総意？　それは初耳だ。俺の認識ではドワイランド王国の希望と、ジネット王妃殿下、あなたが望んでいるだけだと思っていましたが。現に国王陛下は俺の意思に任せると仰っています」

「国王陛下はお年を召しているせいで弱気になっていらっしゃるのです！　本当は親心で、あなたとカトリーヌ王女の結婚を望んでいることぐらいわかるでしょう！」

「国益にもならない結婚を国王陛下が望んでいると？　勝手な妄想だ。そんなにカトリーヌ王女をお気に召しているのなら、あなたの愛するエドガー王子と結婚させてあげればよいのに」

「……っ、黙りなさいアルフレッド！」

扇をテーブルに叩きつけ、ジネットはソファから立ち上がって怒鳴った。アルフレッドはそんな彼女に怯むことなく強い眼差しをぶつけ、きっぱりとした口調で言いきる。

「とにかく。俺はカトリーヌ王女と結婚する気はない。そうでなくとも王妃殿下に俺のすることに口を出す権利はありません。俺は成人だ、自分のすることは自分に責任がある。この国の法を犯さない限り口出しは無用」

そして再びジネットが何かを言う前に踵を返して部屋から出ていった。

いつものこととはいえ気分は最悪だ。まだジネットの怒鳴り声がキンキンと頭に響いているようでこめかみを押さえ歩きだそうとしたとき、部屋の扉が開いてカトリーヌが飛び出してきた。

「アルフレッド様！」

カトリーヌはアルフレッドに追いつくと服の裾《すそ》を掴み、潤《うる》んだ瞳で顔を見上げる。

「アルフレッド様……私のせいでジネット様と諍いを起こさせてしまいごめんなさい。

あなたを責めるつもりではなかったの」

アルフレッドは再び溜め息をつき、掴まれていた服の裾を剥がす。

ジネットのように声を荒らげないだけカトリーヌのほうがマシな気がするが、本当に厄介なのは彼女のほうだ。今も廊下に立っている衛兵の目にはこの場面が恋人同士の揉め事のように見えるだろう。

「カトリーヌ王女。もう俺のことは放っておいてください。あなたに助けられたことは感謝している。だがそれと結婚は別だ。どうかこのまま国へ帰ってください」

「何故？　王妃殿下もこの王宮の人たちも私たちを祝福してくださっているのに、どうしてそんなことを仰るの？」

「祝福などしていない。王妃は俺をガラタニアの皇女と結婚させたくないだけです。だが俺は皇女とも、あなたとも、結婚するつもりはない。俺は結婚にも女性にも興味がないのです」

カトリーヌは「そんな……」と震える声で呟くと、ぽろりとひと粒涙を流した。そしてアルフレッドの胸に縋って哀れみを乞う。

「私はこんなにアルフレッド様を愛しているのに。海であなたを助けたときからずっとお慕いしているのです。私の接吻であなたが息を吹き返したとき、神様のご意志を感じました。これは運命なのだと。アルフレッド様、どうかご自分の胸に手をあてて もう一度問いかけてくださいませ。あなたは私と結ばれるべきなのです」

アルフレッドはたまらず眉根を寄せる。ことあるごとにカトリーヌは難破した船から救った恩を盾にするのだ。

……しかし、アルフレッドはそのことにも最近疑問を抱いている。自分を助けたのは本当に彼女なのだろうかと。

アルフレッドの船が大破するような大嵐だった。そんな中、ドワイランドの貿易船が海に落ちた者と飛竜全員をどうやって助け出したのだろうか。一国の王女であるカトリーヌが偶然にも民間の貿易船に同乗していたのは社会勉強のためだと言っていたが、それも信じ難《がた》い。

あのときアルフレッドは完全に意識を失っていたので断言できないが、違和感が拭えない。それは日を追うごとに大きくなっている。特にカトリーヌの本性を知れば知るほど、自分の中の何かが「違う」と叫ぶのだ。俺の命を救ってくれたのは、もっと尊いもののはずだったと。

だが実際、目を開けたときにいたのはドワイランドの貿易船の上だった。記憶がおぼろげでその場にカトリーヌがいたかどうか覚えていないが、ドワイランドの者が口を揃えて『カトリーヌ王女の口づけがアルフレッド王子を目覚めさせた』と言うのだから、そうなのだろう。

アルフレッドが抱く違和感にはなんの根拠も証拠もない。共に助けられた仲間も皆意識を失っていたので、ドワイランドの者以外はその場の真実を知る者はいないのだ。

どうも腑《ふ》に落ちないものを抱えつつも、現状カトリーヌは命の恩人である。そして恩人である以上それを盾にされてしまうと無碍にもしづらく、「いい加減にしろ」と突き放すわけにもいかなくなってしまうのだった。

「……とにかく。あなたには申し訳ないが、俺は誰とも結婚するつもりはありません」

アルフレッドはそれだけ言うと彼女の体を押し離して、足早に廊下の奥へと去っていった。

誰とも結婚する意志はないというのは嘘ではない。国益を考えるのならガラタニアの皇女に求婚すべきだが、そうなればジネットがただではおかないだろう。下手をすれば皇女に暗殺の手がかかるかもしれない。だからといって国益も愛もないカトリーヌと結婚するつもりもないが。

結婚は兄と弟に任せて自分は生涯独身を貫くつもりだ。結婚願望もないし、王宮の派閥問題に妻や子を巻き込みたくない。

カトリーヌがそれを理解し身を引いてくれることを願いながら、アルフレッドは振り返ることもなく廊下を歩いていった。

それから二週間後。

「すごい！　すごい、すごい！　なんて素敵なの！」

ユランは宿舎の自室で、アルフレッドから贈られたドレスを着て鏡の前でクルクルと回っていた。

細かな縦縞の入ったライトグリーンのドレスはユランによく似合っていて、特にピンク色の髪とドレスのグリーンが大輪の花のようだ。ベルスリーブにはレースを重ね、ローブの縁にも精緻《せいち》なレースが飾られている。胸もとのストマッカーにはリボンがついていて、若々しく愛らしいデザインになっていた。セミオーダーではあるが、とてもユランの魅力を引き立てている。

アクセサリーなどの小物と靴もそれに合わせ、髪は前髪を上げてアップスタイルにした流行のものだ。ドレスと同じレースのリボンをヘッドドレスにしている。

「まあ、見違えましたわ」

着替えを手伝ってくれた女中らも、ドレスアップして薄化粧をしたユランを見て感嘆の声を上げる。もともと整った愛らしい顔立ちではあったが、身なりを整えると別人のように気品が生まれた。まるで今までの厩務員の恰好は世を忍ぶ仮の姿で、華やかなドレス姿こそ本来の姿のように思える。

「おい、着替え終わったのか」

部屋の扉がコンコンとノックされ、廊下からアルフレッドが声をかけてきた。

彼がドレスを持ってきてくれてから小一時間。ユランが急いで湯浴みをして汚れを落とし着替え終わるまで、ずっと待っていてくれたのだ。

「着替え終わったわ！　見て、アルフレッド様！」

扉へ向かって駆けだそうとするユランを、女中らがさりげなく止める。そして「せっかく姫君のように美しくなったのですから、今日はおしとやかにいたしましょう」と笑って手を差し伸べてくれた。

人間の言う「おしとやか」がどんなものか、まだよくわからないなりにユランは女中の手を取っておとなしくする。扉の前に立つと、別の女中が扉を開けてくれて、正面に立っていたアルフレッドと対面した。

「……これは……」

アルフレッドは目を瞠って言葉を失った。興奮しているのか頬は少し赤い。

「いかがですか、殿下。お見事でしょう」

女中が声をかけると立ち尽くしていたアルフレッドは無言で頷き、口もとを手で押さえながら「……初めてだ。女性を美しいと思ったのは」と小声で独《ひと》り言《ご》ちた。

「こうしていると貴族令嬢……いえ、どこかの国の姫君のようではありませんか。本当によくお似合いです」

褒めそやす女中の言葉に、アルフレッドは頷かざるを得なかった。ただおとなしく立っているだけなのに、スラリとした立ち姿からは匂い立つような典雅《てんが》さを覚える。天真爛漫で愛らしい顔は薄化粧を施し髪を整えると明確な〝美〟となり、有無を言わさぬほどの美貌へと変身した。

ユランの内に潜む気品に、何故今まで気づかなかったのかとさえ思う。どこか俗世離れした雰囲気はあったが、単に異国の者だからだと思っていた。しかし異国の姫君だったと考えれば腑に落ちる。高貴な身なりこそが、彼女の本来の姿なのだ。

「アルフレッド様、どうですか？ ドレスは私に似合っていますか？」

ずっと黙ったままのアルフレッドに、不安になったユランがモジモジと尋ねる。

女性を褒めたことのないアルフレッドはどう言えばいいのかわからず言葉を探し、

モゴモゴと口籠もった挙げ句、「……似合っている……とても」とだけ告げた。

不器用極まりない言葉だが、それでも彼の肯定的な評価にユランは満面の笑みを浮かべる。

「嬉しい！　ありがとうございます、アルフレッド様！　こんなに嬉しいことってないわ！」

ユランがたまらずアルフレッドの手を両手で握ると、彼の顔がカァッと赤く染まった。まるでうぶな少年のようだ。

「き、気に入ったなら何よりだ。……第三庭園の南を人払いしてある。せっかく綺麗な恰好をしたんだ、外を散歩してきたらどうだ」

直視できないかのように視線をキョロキョロ逸らしながら言ったアルフレッドに、ユランはさらに感激で瞳を輝かせる。

「庭園に入っていいの⁉　庭園って、あのお花がいっぱい植えてあるところですよね？」

「ああ、今日は特別だ。……俺が連れていってやる」

「アルフレッド様が⁉」

幸せが次から次へと押し寄せて、ユランは眩暈がしそうだ。ドレスを贈られただけでもこの上ない喜びなのに、それをアルフレッドが褒めてくれて、さらに庭園にまで入れてくれるというのだ。しかも彼と共に！

「ゆ、夢みたい……」

ユランは呆然としてしまう。今すぐ両親や姉やシーシルに「ユランは幸せです！　人間になってよかった‼」と報せたい気分だ。魔石様にも地面に頭を擦りつけるほどお礼が言いたい。

「大げさだ」

アルフレッドはコホンと小さく咳払いをすると、握られていた手をほどいてから改めて片手を差し出した。頬はまだ赤いが、口もとは柔らかに弧を描いている。

胸を心地よく高鳴らせながら、ユランは彼の大きな手に自分の手を滑り込ませた。

〝おしとやか〟を心がけて、歩幅を小さく丁寧に歩く。

「ユランか？　見違えたぞ！」

「殿下がドレスを贈られたのですか？　いやあ素晴らしい、慧眼《けいがん》ですな」

部屋を出て宿舎の敷地を出るまで、途中で会った厩務員らが目をまん丸くして声をかけてきた。誰もが大変身したユランに驚き、中には頬を染め釘づけになっている者もいる。皆に褒められてユランは上機嫌だったが、アルフレッドは時々複雑そうな表情を浮かべていた。

宿舎から第三庭園までは少し距離があるので、小型の馬車で向かった。ユランは馬車に乗るのも初めてだ。正直なところ走ったほうが早いとは思ったが、椅子に座ったまま移動できるのは面白かった。

庭園付近も人払いがされていたらしく、衛兵以外は誰もいない。先日は覗くことも許されなかった庭園に足を踏み入れ、ユランは今日何度目かの感動を覚える。

「わあ、花が整列してる」

庭園は中央の噴水を中心に、花が色ごとや種類ごとに区分けされている。自然の花畑は見たことがあるが、放射状にグラデーションになるように植えられている花壇はいかにも人の技らしく見事だった。

「綺麗……見たことのない花がたくさんあるわ」

ユランは興味津々《きょうみしんしん》だ。ポーチュラカの花をマジマジと眺めていると、蝶々《ちょうちょう》が一匹顔の前を横切っていって驚いた。「きゃっ」とあとずさって、慣れないハイヒールでよろけそうになる。

「おっと。大丈夫か」

咄嗟に後ろから抱き留めてくれたのはアルフレッドだった。ユランは目をパチパチとばたたかせたまま、蝶の飛んでいった方向を見つめている。

「小さな鳥。初めて見たわ」

「鳥？　あれは虫だ。蝶々を見たことがないのか？」

「あれも虫なのですか？　蝶々というのですね、大きな羽」

ユランの故郷の火山島にも虫はいたが、体の大きな聖竜の視界には入っていなかった。人間になってからは虫を視認できるようになったが、見たことがあるのは厩舎の竜房にいる蠅や地面を這う蟻ぐらいだ。虫とは黒くて小さな生き物と思っていたので、大きくてカラフルな羽を持つ蝶は、なかなか衝撃的である。

「蝶を初めて見たのか。お前の生まれ故郷にはいないのだな」

「ええ……多分」

「お前の生まれ故郷は不思議だな、着衣の習慣もなければ蝶もいないとは。暑い砂の国なのか？」

「砂は海岸にしかありません。それも少しだけ。ほとんどが岩と森でできた島だから」

「岩と森？　そんな島で作物が育つのか？」

「トリンギアみたいにパンやスープは食べないから、何も育てないんです。海で採《と》った生き物や、森の木の実や獣を時々食べるだけ」

「……それで国民の食料が賄《まかな》えるのか。お前の故郷は想像もつかないことだらけだ」

「ふふ。穏やかで素敵なところですよ。ちょっぴり退屈だけど。いつかアルフレッド様も連れていってあげられたらいいのに」

「……そうだな。俺もお前の……ユランの故郷が見てみたい」

アルフレッドが自分の故郷に興味を示してくれたことが嬉しくて、ユランはくすぐったい気持ちになる。そして肩を竦めて笑ってから、彼の手がずっと腰に回されて抱かれたままだということに気づいた。

途端に嬉しさと恥ずかしさが込み上げてきて、頬が熱くなっていく。顔を覆って逃げ出したい気持ちと、ずっとこのままでいたい気持ちが半々だ。

(アルフレッド様の手って大きいのね。私の手よりずっと大きくて、なんだか少しゴツゴツしてるみたい。ギュッてされてるとドキドキもするけど、安心もするわ)

ユランは夢を見ているようなうっとりとした眼差しで、腰に回されている彼の手に自分の手を重ねた。するとアルフレッドもユランを抱き竦めたままだったことに気づき、ハッとして手を放し体ごと離れる。

「す、すまない。喋るのに夢中になっていて……」

頬を染めしどろもどろに弁解するのは、冷静な彼らしくない慌てた様子だ。戦場ではどれほどの強敵と対峙《たいじ》しても、こんなに慌てふためくことはなかった。

「わ、私こそ、ずっと凭れ掛かったままでごめんなさい」

彼の動揺が伝染したのか、ユランまで焦って俯いてしまう。竜だった頃は豪胆で気持ちが掻き乱されることなど滅多になかったのに、人間になってからはドキドキして平常心を失ってばっかりだ。

(私ってば弱くなってしまったのかしら)

俯いてモジモジと自分の手を握りながらユランは思う。けれどそれは悲しいことではなく、生を感じられるとても素敵なことのように思えた。

ふたりは向かい合ったままソワソワしつつも、互いにうまく言葉が出てこなかった。ふたりきりの庭園はとても静かで、噴水の心地よい水音だけが聞こえる。

「……ユランの髪は綺麗だな……」

呟くような小さな声で沈黙を破ったのはアルフレッドだった。「え？」とユランが顔を上げると同時に、彼の手が伸びてピンク色の髪に指先がふれる。

「ブーゲンビリアの花の色だ」

そう言ってアルフレッドが向けた視線の先には、花をつけた立ち木が並んでいる。

そこに鮮やかなマゼンタ色の花を満開につけた木が何本か立っていた。

「本当だわ……私の髪の色とそっくり……。あれはブーゲンビリアという花なのですね」

自分の髪、ひいては鱗と同じ色を持った花に親近感が湧く。

ユランが花に目を向けていると、アルフレッドは一歩近づき手に掬った髪束に口づけを落とした。

「ん？」

けれどユランが振り返ったときにはすでに手は離れ、アルフレッドは淡く微笑んでいるだけだった。それなのに彼の青い瞳には溢れんばかりの喜びが浮かび、その奥には蠱惑《こわく》が秘められており、ユランはその眼差しに捕らえられて動けなくなる。そのときだった。

「殿下、いらっしゃいますか!? アルフレッド殿下！ 大臣がお呼びです！」

庭園の入り口のほうからアルフレッドを呼ぶ侍従の声が聞こえ、甘い雰囲気が霧散《むさん》した。

アルフレッドは小さく舌打ちすると、「すまない、ちょっと行ってくる。帰りの馬車は置いていくから、好きなだけここにいるといい」と言い残して、足早に入り口へと向かっていってしまった。

「い、いってらっしゃい……」

　突然夢から覚めたような気分で、ユランは呆然としながら小さく手を振った。辺りは再び静かになり、ヒラヒラと蝶々が空を舞っている。あまりにのどかな光景なのに甘い余韻《よいん》だけがユランを包んでいて、まるで白昼夢を見ているみたいだと思った。

（……あれは現実だったのかしら？　幸せで胸の高鳴りが治まらなくて、体中がまだフワフワしているみたい……）

　ボーッとしているユランは、近づいてくる人の気配に気づかない。そして次の瞬間、後ろから思いっきり水をかけられて「きゃあっ⁉」と驚愕した。

「なっ、な、なっ、何？」

　ユランはパニックだ。一瞬何が起きたかわからず、目をまん丸くして辺りをキョロキョロと見回す。そして自分の髪やドレスから茶色い泥水が滴っているのを見て、何が起きたのか理解して青ざめた。

「あああああっ‼　アルフレッド様からいただいたドレスが！」

　みすぼらしくなってしまった自分の姿に、ユランの心が悲しみ一色に染まる。しかしそんなことでメソメソする聖竜ではない。悲しみはすぐに怒りに塗り替えられ、眉を吊り上げて後ろを振り返った。

「誰⁉　こんなことをしたのは！」

そう叫んだが背後にはすでに誰もいなかった。残っているのは地面に投げ捨てられたバケツだけだ。

ユランは目を閉じて耳を澄ませる。竜の五感は人間よりも鋭い。音に集中すると西側の低木の陰から足音が聞こえた。

「そこね！　待ちなさい！」

ドレスの裾を持ちあげ低木の並ぶ場所までダッシュすると、少年らしき人影が逃げていくのが見えた。庭師の手伝いをしている下働きの少年だろうか、日除けの帽子をかぶり膝丈《ひざたけ》の脚衣に簡素なシャツとポケットのついたベストを着ている。労働者の恰好だ。

少年は木の間を縫《ぬ》うように全力疾走したが、聖竜の身体能力を持ったユランに敵うわけがない。ユランは勢いをつけて大ジャンプすると少年の前に立ち塞がり、驚いて踵を返そうとする彼の腕を掴んであっという間に地面にねじ伏せた。

「あいたたたたた！　許して！　ごめんなさい！」

少年はあっさり謝罪したが、そんなことでユランの腹の虫が治まるわけがない。

「あなた誰なの⁉　どうしてこんな意地悪なことをするの⁉」

ねじ伏せた体を地面に押しつけるように力を籠めると、少年は「痛い痛い！　ごめんなさぁい！」と泣きだしてしまった。涙如きで絆されたくはないが、年端《としは》も行かない子供を泣かせるのも夢見が悪い。ユランは少し力を緩めつつも「言いなさい。どうしてこんなことしたの？」と厳しい声で問い詰めた。

少年は押さえつけられながらも脚衣のポケットに手を入れ、そこから金貨を二枚ほど出して地面に置いた。

「頼まれたんだ、小遣《こづか》いをやるから中にいる女に水をかけてこいって」

意外な犯行動機にユランは目を見開いて「誰に⁉」とさらに尋ねた。依頼主を売るのはマズいと思ったのか「それは……」と口籠もった少年に、ユランは「言いなさい！」と容赦なく体を押さえ込む。

「いたたた！　わかった、言うからやめて！　離宮の女官だよ！　名前は知らない！　近くを通りかかったら頼まれたんだ！」

「本当？」

「本当！　もらった金貨二枚もあんたにやる！　だからもう許して！」

少年が嘘をついているようには見えない。ユランは手を離し押さえつけていた体を解放すると、その場に立って重く溜め息をついた。

「離宮の女官っていったい誰？　顔も知らない人がどうしてこんなことを命令したのかしら」

ユランは意味がわからない。何故こんな酷いことをされなくてはならないのか、見当もつかない。ただわかるのは、相手はユランがこのドレスを着たときを狙ったのだろうということだけだ。

解放された少年は「いたた……」と体をさすりながら起き上がると地面に置いた金貨を拾い、ユランに向かって「ごめんなさい」と差し出した。どうやら本当に反省しているみたいだ。

けれどユランは「いらないわ」と首を振る。金貨なんかもらったところで、大事なドレスが泥水でずぶ濡れになった事実は消えない。傷ついた心は癒《い》えない。

（……せっかくアルフレッド様が選んで贈ってくださったのに。似合うって褒めてくださったのに……）

さっきまでの時間が夢のように幸せだったからこそ、それを汚されたことがつらい。

真犯人の顔も目的もわからず怒りのやり場を失くし、再びユランは悲しみに呑まれ俯く。すると少年が申し訳なさそうに帽子をかぶり直しながら、「あの……」と声をかけてきた。

「本当にごめんなさい。小遣いが欲しくて、何も考えずに引き受けちゃったんだ」

ユランが酷く落ち込んでいるのを見て、自分の犯した罪の重さに気づいたのだろう。少年まで眉尻を下げ泣きそうな顔をしている。

普段のユランならそれを気遣って明るい笑顔を向けることもできるが、今ばかりはそんな余裕もない。

「……もういいわ。二度とこんなことをしないでね」

そう言ってトボトボ歩きだそうとすると、少年が小走りで「待って」と追いかけてきた。

「お姉さん、本当にごめん。あっちに人目につかない井戸があるから服と体を洗いにいこう」

「いいわ、どっちみち濡れたままじゃ馬車に乗れないもの。宿舎まで走って帰るわ」

「そう……？」

提案を断られても少年はついてくる。根は責任感があっていい子なのかもしれない。彼はなんとかユランを元気づけようとオロオロしていたができることもなく、結局ただ黙って一緒に歩いた。そして庭園の入り口を出たとき。

「あ、あそこだよ。あの離宮の側で声をかけられたんだ。えーとなんだっけ、今はどっかの王女様が住んでるって、庭師のおっちゃんが言ってた」

少年はそう言って東に見える建物を指さした。並木道の向こうにある二階建ての大きくて立派な建物。いかにも王宮の者か要人しか入れなさそうなそこに、ユランは行ったことがない。——しかし『どっかの王女様』には身に覚えがあった。

「……それってドワイランドのカトリーヌ王女のこと？」

「あ、それそれ。……ん？　じゃああの女官はカトリーヌ王女様に仕えてる女官なのかな」

首を捻って考えていた少年は、突然ダンッ！　という重い音と共に地面が揺れて「なんだぁ!?」と慌てふためいた。大砲でも落ちたのかと思ったが震源地はユランの足もとで、ピンク色のハイヒールの下で石畳の地面が放射状にヒビ割れている。

「ゆ……っ」

「え？　ゆ？」

「ゆ……っ！　許せなぁーい!!」

ユランは怒りに任せて足を踏み鳴らした。ドスンドスンと大きな地響きが起き、少年はグラグラと体を揺らしながら「わ！　わ！　わぁ！」と目を白黒させている。

人間の悪意を知ったばかりのユランにだってわかった。この少年に依頼した真の黒幕が誰なのか。

「卑怯よ！　卑怯だわ！　私に怒ってるなら堂々と言いにくればいいのに！　人間ってなんて汚いのかしら！」

「お、お姉さん！　落ち着いて！」

信じ難いが目の前の小柄な女性がこの地響きを起こしているのだと理解して、少年は一生懸命にユランを宥める。怒り心頭で地団駄を踏んでいたユランだったが、少年が「石畳がみんな壊れちゃうよ！」と必死に体を押さえてきて、「あらいけない」と足を止めた。

地団駄はやめたが、ユランの腸《はらわた》は煮えくり返ったままだ。アルフレッドを助けた手柄を奪い、初対面のユランを馬鹿にして嘲笑《あざわら》い、今回はこの仕打ちとは。カトリーヌはいったいどこまで卑劣なのだろうか。

きっと前回ユランと言い争ったことを根に持ち、仕返しの機会を窺っていたに違いない。或《ある》いはアルフレッドがユランにドレスを買ったという情報を掴み、嫉妬《しっと》しての犯行か。

カンカンに怒ったユランは離宮へ足を向けようとした。人間の体だけど今なら炎が噴けそうな気がする。離宮ごとカトリーヌを燃やしてやろうかと思った。

しかし、ふとカトリーヌと言い争ったときのことを思い出して足が止まる。

『証拠はあるの⁉』

そう責められてあのときユランは言葉を失ったのだ。自分の証言だけでは駄目だ、カトリーヌが女官に命令し少年を雇ってユランに水をかけたという確固たる証拠がなければ、また言いくるめられてしまう。少年に依頼した女官がシラを切ればそれまでだし、そもそもその女官とてカトリーヌから直接頼まれたとは限らない。間に人を数人挟めばおおもとに辿り着くのは困難だ。立証は難しいだろう。

そして正当性を主張できなければ、アルフレッドに迷惑がかかりかねないということも前回の一件で学んだ。

「んんんん～！　悔しい～！」

ユランはこぶしを握りしめてプルプルと震えた。やられっぱなしだなんて、聖竜の名折れもいいところである。

「見てなさい！　私に意地悪したことを絶っ対に後悔させてやるんだから！」

今のユランには遠く離れた離宮を指さして叫ぶことしかできない。人間になった自分の無力さを痛感するが、決してへこたれはしない。必ずカトリーヌをぎゃふんと言わせると心に誓う。

そんなユランとヒビの入った石畳を交互に見て、少年はとんでもない人に悪戯《いたずら》を仕掛けてしまったと改めて後悔した。


「あーあ、これは酷いわ」

泥水が染みてしまったドレスを見て、風呂番の下働きの女……コレットが顔をクシャクシャに顰めて言う。

「灰汁《あく》で綺麗になるかしら。それとも脂を使う？」

もうひとりの下働き、サビーヌが洗濯用の洗剤が入った瓶を見ながら聞けば、コレットが「これ絹タフタでしょ、脂は駄目よ」と答えた。

そんな会話を交わすふたりを、ユランは湯の張られた木桶に浸かりながら悲しそうな瞳で見つめる。

「もうもと通りにはならないかしら？」

心配そうに尋ねれば、コレットは言いづらそうに口をモゴモゴさせて「まあやるだけやってみるよ」と腕まくりをした。

あれから宿舎に戻ったユランは、雨も降っていないのにずぶ濡れで帰ってきて皆を驚かせた。そしてすぐさま風呂に連れていかれ、仲のよい風呂番のコレットとサビーヌがドレスを洗ってくれようとしたのだけど……。

「これ、レースは外さないと駄目ね。糸がほどけるかしら」

「ストマッカーはどうしよう。洗ったことないわよ」

ふたりとも慣れないドレスの洗濯に苦戦していた。

貴族の着るドレスは扱いが難しい。そもそも汚れて洗うことを前提に作られていない。せいぜい裾の埃をブラシで落とすくらいだ。それが泥水を被《かぶ》ったとなると、もはや手の施しようがない。

絹タフタの生地は水洗いに向いていないし、何重にもなったレースやペティコートは洗えば型崩れしてしまう。よほど腕の立つ洗濯屋でもない限り、一度水洗いすれば生地の手触りも色も形ももと通りとはいかないだろう。

四苦八苦《しくはっく》しつつドレスの装飾をほどいていくコレットとサビーヌを見て、ユランは「どうもありがとう」と礼を言いつつ、湯に浸かりながら膝を抱えた。

宮廷官以外の労働者が使うこの浴場では、入浴ついでに衣服を洗濯する者が多い。カーテンで区切った個別のスペースには湯を張った木桶と小さな洗い場が備えられていて、そこで洗濯も済ますのだ。ユランも普段なら自分の衣服は自分で洗うのだが、今日ばかりは手に負えないのでコレットたちが助けにきてくれている。

「礼はいいから、ユランは髪をしっかり洗いな。頭にまで泥水をかけられたんでしょ」

ドレスをほどいていたサビーヌは、大げさな笑顔を作ると手を伸ばしてユランの頭をワシャワシャと擦った。いつも明るいユランが元気を失くしているのを心配して、励ましてくれているのだろう。

「それにしても酷いこと考えるやつがいるもんだね。アルフレッド様に言って懲らしめてもらいなよ」

コレットが袖のレースを外しながら言う。大方、アルフレッドに想いを寄せる令嬢の妬みだろうと予想がついているようだ。庶民のユランでは抵抗のしようがないので、こういうのはアルフレッドから釘を刺してもらうほうがいいと説いた。しかし。

「でも……このことをアルフレッド様に言いたくないわ。だってせっかく贈ったドレスを汚されたなんて知ったら、きっとアルフレッド様は嫌な気持ちになるもの。そんな思いさせたくないわ」

眉尻を下げて困ったように言うユランを見て、コレットもサビーヌもキョトンとする。そして「あんたは本当にアルフレッド様が好きだねえ」と面映《おもは》ゆそうな苦笑を浮かべた。

「優しいね、ユランは。自分が悲しかったことよりアルフレッド様が嫌な気分になるほうがつらいなんて」

再びサビーヌに頭を撫でられて、今度はユランのほうがキョトンとする。

「言われてみればそうだわ。私、自分よりアルフレッド様が傷つくほうがずっと嫌みたい」

「はは、愛だねえ」

自分の中の深い想いに改めて気づかされて、ユランは頬を染める。もとはひと目惚れから始まった恋だけど、彼を知っていくごとにどんどん想いが深まっていっているみたいだ。

ただ彼の側にいたいと願っていた恋は、今や彼を守りたい、幸せにしたいとさえ望むようになってきている。――だからこそ。

「……私、アルフレッド様とケッコンしたいわ」

膝を抱え直してボソリと呟いたユランに、コレットとサビーヌが「えっ⁉」と仰天の声を上げた。

「ケッコンして番になれば互いを守り合えるでしょう？　それに、りゅ……私の国では子を生んだ雌が誰より強いのよ」

動物の多くは子を守るために雌が凶暴化するが、竜とて例外ではない。聖竜の場合は雌に限らないが、それでも卵を生んだ直後の王は攻撃性が増す。

ユランは思う。もっと強くなりたいと。アルフレッドもアルフレッドに恋する自分も守りたい。敵など全て薙《な》ぎ払《はら》える強さが欲しい。

けれど人間のルールの中では、その強さをどう扱えばいいのかわからないのも事実だ。だからこそアルフレッドと共にいて支え合えればいいと思う。竜の腕力では戦えないのなら、人間の戦い方を教えてほしい。どんな強さでも必ず身につけてみせるから。

そんな真剣な気持ちで話したというのに、コレットとサビーヌは目をパチクリとしばたたかせ、「うーん……さすがにそれは……」とゴニョゴニョ口籠もっている。

「ユラン、言いづらいんだけど……この国では庶民と王族は結婚できないのよ」

至極まっとうなことを教えてくれたサビーヌに、ユランは小首を傾げて尋ねる。

「あら、どうして?」

「どうしてって……、そう決まってるんだもの。王様は王様、貴族は貴族、靴屋は靴屋、パン屋はパン屋。生まれたときからみんな住む世界が決まってるの」

「変なの、私から見たらみんな同じ人間だわ。それにアルフレッド様も最初は『王族は庶民と喋らない』って言ってたのに、今は毎日のように私とお喋りしてるわ。そんなルール、変えようと思えば変えられるのよ」

確かに、アルフレッドは庶民どころか身元のあやふやなユランを気に入っている。そう考えるとユランの言うことは一理ありそうだとサビーヌは思ったが、やはり結婚は壁が高い。

「でももしアルフレッド様と結婚したとして、ユランに王族の妃が務まるの？　あなたダンスの一曲も踊れないんじゃないの？」

「だんす？　なあに、それ」

初めて聞く単語に、ユランは興味津々に首を伸ばした。

「ダンスっていうのは社交界に出るのに必須の嗜《たしな》みよ。男性とペアになって曲に合わせて踊るの。ダンスだけじゃない、お妃様は言葉遣いも丁寧で動きもおしとやかで走ったり重い物を持ったりしないんだから。あと他の国へ公務に行くから多言語も話せないといけないし、文化とか教養とか……とにかく頭もよくなくちゃいけないの」

サビーヌの説明を聞いて、ユランは衝撃を受けた。人間の王族と番になるためにはそんなにたくさんの条件が必要だなんて、今まで全く知らなかった。

「大変！　私ダンスもキョウヨウも全然わからないわ！　練習しなくっちゃ！」

焦って湯から立ち上がったユランに、コレットが「ははっ」と苦笑する。

「それを覚えたからってアルフレッド様と結婚は……」

結局身分が違えば無理なのだと言いかけたが、ユランの「アルフレッド様のためならなんだって頑張れるわ！」という言葉に遮られた。なんとも有無を言わせぬ気迫がある。

コレットはサビーヌと顔を見合わせると「ま、練習したところで損するわけじゃないものね」と頷き合った。

王子と庶民が結婚なんて天と地がひっくり返っても無理だろう。けれど愛する人のためにガムシャラなユランを見ていると、もしかしたら天と地がひっくり返ることもあり得るのではないかと不思議な気分になってくる。

「ダンスは無理だけど刺繍《ししゅう》くらいなら教えてあげようか。刺繍も王侯貴族の女性の嗜みだからね。ただ言っとくけど、それで結婚できるかどうかはあんまり期待しないで」

コレットがそう申し出ると、ユランは頬を染めて「ありがとう！　恩に着るわ！」と抱きついてきた。

ユランのことは全くもって不思議な娘だとコレットもサビーヌも思う。何もかもが謎だらけなのに応援したくなってしまうのは、彼女の一生懸命さゆえか。それとも言葉にできない何か不思議な魅力があるのだろうか。それはわからない。

その日の夜、アルフレッドは側近の従者からユランのことを聞いた。庭園前で待機していた馬車の御者《ぎょしゃ》がずぶ濡れで出てきたユランから話を聞き、それを従者に報告したのだ。

執務室で報告を聞いたアルフレッドは無言のまま眉を吊り上げる。そして従者を退室させると、こぶしで執務机を力任せに叩いた。

頭の中には生まれて初めてドレスを着て喜んでいたユランの姿が浮かぶ。彼女にとって間違いなく幸福な記念日になるはずだった。それが誰かの悪意で台無しにされたことに、言い知れぬ怒りが湧く。

(……さぞかし悔しくて悲しかっただろうな、可哀想に。くそっ、俺があのときあの場を離れなければ……)

ユランの笑顔を守れなかった自分が不甲斐なくてアルフレッドは唇を噛む。彼女の腕力が強いことに安心して油断してしまっていた。この王宮で通用する力は腕力ではなく、いかに敵の裏をかくかという狡猾《こうかつ》さなのに。

従者からの報告では、悪戯をした少年の身元は割れているが彼に依頼した人物まではわからないとのことだった。しかしアルフレッドには心あたりがある、むしろその人物しか考えられない。

(失敗した。カトリーヌがそこまでユランに執着しているなら、正面から釘を刺すべきだったか)

半月前にカトリーヌを説得したときのことを悔やむ。あのときは庶民であるユランを庇えば王女であるカトリーヌの顔を潰すことになるので、婉曲《えんきょく》的に牽制《けんせい》するしかなかった。自分はどの女性にも興味がないと示すことで、嫉妬がユランに向くのを躱したつもりだった。

しかしそんな目眩《めくら》ましで納得するほどカトリーヌは愚鈍ではない。あれからも側仕えらを使ってユランの動向をずっと窺っていたのだろう。そんなときにアルフレッドがユランにドレスを贈ったと知れば、何もしないわけがないのだ。

「……俺のせいだ……」

アルフレッドは己を責める。ユランに可哀想なことをしてしまった。自分がカトリーヌにもっと厳しく言っていれば……いや、迂闊にドレスを贈ったりしていなければよかったのか、と。

(……そもそも俺が彼女に関わったことが間違っていたんだ)

自分を取り巻く環境を憎んでいるアルフレッドにとって、ユランをそこに巻き込んでしまったことに大きな罪悪感が湧いた。こんな馬鹿げた王宮のいざこざのせいで、彼女の明るい笑顔が曇ることがあってはいけない。

まだ遅くない。ユランを王宮から離すべきだとアルフレッドは思った。どこか遠く安全な町にでも住居と仕事を与え、カトリーヌの悪意から逃がすのが最善だ。ユランの性格ならばどこへ行ったってうまくやれるに違いない。

早速手を打とうとアルフレッドは椅子から立ち上がり部屋から出ようとして……足を止めた。

(ユランを……遠くへ離す?)

それは彼女の笑顔と容易く会えなくなるということである。アルフレッドは多忙だ、完全な私用で遠く離れた町へ行くなど数ヶ月に一回できればいいほうだろう。

公務の隙を縫って厩舎へ行くたび、一目散《いちもくさん》に駆け寄ってきたユランの笑顔が浮かぶ。

『アルフレッド様、見て! 今日は自分で髪を括ったのよ!』

そんなたわいもない話を嬉しそうに語ってくれた彼女の姿が。

『アルフレッド様、飛竜の落ちた鱗をあげます。竜の鱗は綺麗だし、戦場のお守りになるって聞いたから』

ユランはいつだってキラキラした瞳で話しかけてきた。アルフレッドのことが大好きだという気持ちを全身全霊で伝えていた。

その無邪気さが、素直さが、純粋さが、どれほどアルフレッドの孤独な心を救ってくれたことか。人間に辟易した心を如何《いか》ほど癒やしてくれたことか。

(手放したく、ない)

そんな思いが漠然と湧き上がり、それはみるみる強い意志となっていく。

(嫌だ。遠くへなどやるものか！　ユランは……ずっと俺の側にいさせる！)

物心ついたときから人の業《ごう》に振り回されてきたアルフレッドが、誰かをこんなに求めたのは初めてだった。それが己の身勝手な想いだとしても、あきらめきれない。

アルフレッドは扉の前から身を翻《ひるがえ》すと、椅子に座り直し思考を巡らせた。

ユランは手放さない。けれど誰にも傷つけさせない。必ず守る。そのためにどうするべきか考えるしかない。

アルフレッドは頭を抱えていたが、あることに気づきフッと笑みを零した。

「そもそも俺が引き離そうとしたところで、おとなしく離れるわけがないか」

アルフレッドへの好意だけで王宮まで押しかけ住み着いたユランが、カトリーヌ如きに害されたからといって尻尾を巻いて逃げるわけがないのだ。たとえアルフレッドが説得したとしても、彼女は絶対に彼から離れないことを選ぶだろう。側にい続けたいのはお互い様だ。ならばふたりにとって最善となる方法を探すしかない。アルフレッドは考え、それからひとりで街へ馬を走らせた。

四章　王子は恋のために

それから三日後の昼下がり。

ユランは宿舎裏にある広場のベンチで、コレットとサビーヌに刺繍を教わっていた。

「む……難しいわ。どうして人間ってこんなに細かいことをやりたがるの……」

チマチマしたものと無縁で生きてきたユランは、ミリ単位で針を動かす作業に四苦八苦している。未だに髪を括るのすら苦労するレベルなのに、刺繍は難易度が高すぎた。

しかしそれでも、アルフレッドとケッコンするための試練なのだと思えばあきらめるわけにはいかない。ユランは時間さえあれば日夜刺繍に挑んでいた。

「ああ、違う。そこは縫い方を変えるんだって」

「あ、そうだったわね。って、ああ！　糸が切れちゃった！」

「慌てないで、落ち着いて」

熱心なユランに、コレットたちもなんだかんだと楽しんで教えているようだ。もっとも、できたものはこんがらがった糸がくっついた布にしか見えないが、考えようによっては伸びしろの塊といえる。育て甲斐は十分だろう。

三人が座っているベンチには大きな樫《かし》の影が落ち、時々吹く風はすっかり秋めいている。のどかで心地いい昼下がりだ。三人の女性が木陰で刺繍に励む光景はなんとも牧歌的で、近くを通りすぎる厩務員らも目を細めて見ていた。……すると。

「なんだ。ちょっと見ないうちに面白いことを始めたな」

頭上から声をかけられ、手もとの布に夢中になっていた三人はハッと顔を上げる。いつの間にか目の前に立っていたのは、午後の日差しを受けて小麦色の髪を煌めかせるアルフレッドだった。

「ア……アルフレッド様……！」

ユランは跳ねるように立ち上がり、一瞬で満面の笑みを浮かべる。しかしすぐ戸惑った表情を浮かべると、「ごめんなさい！」と頭を下げた。

「ドレスを汚してしまいました。せっかくアルフレッド様がくださったのに……」

じつはあの日から、アルフレッドは厩舎へ来ていない。遠征や外遊などで留守にしていなければほぼ毎日飛竜の様子を見にくる彼が、三日も顔を出さないのは珍しいことだ。もしかしたらドレスの一件を知って機嫌を損ねたのではないかと、ユランは心配していた。

もちろんドレスを汚されたことについては、ユランに非はない。しかしもっと周囲に警戒していれば避けられたかもしれないと思うと、やはり詫びずにはいられなかった。

彼の真心を汚してしまったことが心苦しくて、三日ぶりに会えたというのに喜びに浸れない。すると、なかなか顔を上げられないユランの頭を、大きな手がポンポンと撫でた。

「お前が謝ることではないだろう。それにあのドレスは序の口だ、一着駄目にされたくらい気にするな。お前にはもっともっと贈りたいものがある」

驚くことを言われて、ユランは「え？」と彼を見る。

「序の口って、あの、どういうことですか？」

その質問にアルフレッドは口角をニッと上げると、ユランの手を取って歩きだした。

「行くぞ。荷物はもう部屋に運び入れてある」

「え！　ええっ⁉」

ユランは驚いて目をまん丸くした。まさか今日もドレスを着させてくれるのだろうか。

コレットとサビーヌもその様子をポカンと見ていたが、すぐに立ち上がってふたりのあとを追った。アルフレッドはどこか楽しげに口角を上げたままズンズン歩き、ユランの部屋がある宿舎へと向かっていく。

「ちょっ、ちょっと待ってくださいアルフレッド様！　どういうことですか？」

尋ねても彼は上機嫌に目を細めるばかりで、「それは見てからのお楽しみだ」としか教えてくれなかった。


ユランの予想通り、アルフレッドは新しいドレスを用意してくれていた。今度は爽やかで愛らしい水色のものだ。もちろんそれに合わせたアクセサリーや靴も揃えられていて、そのどれもがユランによく似合いそうだった。

それだけではない、扇や日傘や帽子なども一式揃っている。部屋を埋め尽くさんばかりの贈り物に、ユランも、あとからついてきたコレットとサビーヌも、ただ唖然とするばかりだった。

「急いで用意させたから既製品ばかりだが、サイズの合わないものや好みに合わないものがあったら言ってくれ。すぐに取り換えさせる。それから王宮敷地内を移動するときの小型馬車も用意した。使いたいときは厩舎長を通じて王宮の従者に連絡しろ」

服飾だけでなく専用の小型馬車まで贈られ、驚愕のあまり「まあ！」と高い声を上げたのはサビーヌだった。

「ど……どうして、こんなに贈り物をしてくださるの？　私、先日いただいたドレスを汚してしまったばかりだというのに」

隣に立つアルフレッドを見上げて言うと、彼は笑みを浮かべながらもきっぱりとした口調で答えた。

「俺が贈りたいから贈るんだ。俺がドレスを贈り、お前はそれを喜んで着てくれた。何も悪いことはしていない。誰に憚《はばか》る必要もない。そうだろう？」

それはまるで励ましの言葉だった。誰が恨もうと妬もうと気に病むな、と。非がないのなら遠慮《えんりょ》せず自分の喜びを謳歌《おうか》しろ、と言っているように聞こえる。

そしてそれは、彼が自身にも言い聞かせているように力強かった。

「アルフレッド様……」

まっすぐに見つめてくるユランの頬を、アルフレッドは両手で包んで見つめ返す。

「ユラン。お前は俺が守る、絶対に。どんな悪意を向けられても、もう逃げたりしない」

青い瞳に浮かんでいるのは、揺るがぬ決意だ。宮廷の悪意に耐えきれず王位争いから目を逸らし戦場に逃げ続けてきたアルフレッドが、愛する人を守るため生き方を変えたのだ。

いつかの夜に、ユランは言った。『私が守る』と。その想いは強く大きくなって、今彼女のもとへ返ってきた。ユランはアルフレッドの勇気にふれて、全身が痺《しび》れるほどの感激を覚えた。

「アルフレッド様……アルフレッド様ぁ！」

気持ちが抑えきれず飛びついたユランの体を、アルフレッドはしっかり受けとめてくれる。腕力はユランのほうが強いはずなのに、彼の大きな手はこの上なく頼もしく感じた。

「ユラン、見せてくれ。お前の喜ぶ顔を。お前が笑ってくれるなら俺は山ほどの贈り物をする。知らないことはなんだって教えてやる。花も蝶ももっと見にいこう。だからずっとここに……俺の側にいてくれ」

アルフレッドの力強い腕が、華奢な体をギュッと抱きしめる。ユランは言葉にならない喜びに全身を震わせながら、何度も小さく頷くことしかできなかった。

「……結婚も夢じゃないかも……？」

ふたりのやりとりを後方で見ていたサビーヌが呟く。

「側室くらいは望みが出てきたんじゃない？　……この国に側室制度ってあったたっ

け？」

抱き合うふたりに釘づけになったままコレットも呟いた。

コレットたちの視線に気づかぬほど夢中でユランは抱き合い、人間になってよかったと心の底から幸せを噛みしめていた。


新しいドレスもユランによく似合った。前回はドレスのデザインは職人にほぼお任せだったが、今回はアルフレッドが店まで赴《おもむ》き数あるドレスの中から彼女に似合いそうなものを選んだのだ。アクセサリーや靴も、店の者に教わりながら自ら選んだ。

「やはりお前は明るい青や緑が似合うな。清々しい印象だ」

着替えたユランを眺めてアルフレッドはご満悦《まんえつ》だ。今まで女性の装《よそお》いに全く興味のなかったアルフレッドだが、愛する女性を着飾らせる喜びを知ってしまったようだ。

「素敵よユラン。本当にお姫様みたいだね」

「せっかく着替えたんだから、おしとやかに歩きなよ。それも淑女の嗜みよ」

着替えとヘアメイクを手伝ってくれたコレットとサビーヌが、鏡の前でクルクルははしゃぐユランを見て言う。それを聞いて目をパチクリさせたのはアルフレッドだった。

「淑女の嗜み？　そういえばさっきベンチで刺繍を習っていたな。令嬢教育に興味があるのか?」

アルフレッドが不思議そうに尋ねると、コレットとサビーヌは答えに詰まり顔を見合わせた。さすがに本人に「ユランはあなたとの結婚を夢見て頑張っているんです」とは言えない。呆れられても、厳しい現実を突きつけられても、ユランが可哀想だ。

しかし。

「はい! 私、アルフレッド様とケッコンしたくて色々なことを学んでいるんです! 王子様とケッコンするには刺繍とかダンスとかキョウヨウとかが必要なんでしょう? でもまだ刺繍とおしとやかさの練習しかできてないけど……」

ユランはためらうことなく笑顔で答える。好きな人のために無謀な努力をすることがおろかだとは、これっぽっちも思っていない。

アルフレッドは唖然とした。涼やかな目をまん丸くして「結婚……?」と呟き、それから喜びが抑えきれないように口角を持ちあげた。

「ふ、ふはは。お前らしい。そうだな、互いが愛し合っていれば結婚を望むのは当然だ。ユランが正しい」

クールな王子が破顔《はがん》しただけでなく無謀な結婚願望に肯定的だったことに、コレットとサビーヌは目と耳を疑った。これが本当にあの冷酷《れいこく》で無表情で女性にも無関心で有名だった王子だろうか。

アルフレッドは愛おしそうな眼差しでユランを見つめ、「だが俺との結婚は前途多難《ぜんとたなん》だ。共に戦ってくれるか？」と手を伸ばし頬を撫でた。ユランは一瞬も躊躇《ちゅうちょ》することなく「はい！　もちろん！」と力強く答える。

アルフレッドは驚きで固まっているコレットとサビーヌを振り返ると、「それで、お前たちがユランに色々教えてくれていたのか」と聞いた。

「は、はい。あの、でも、私たちも教えられるのは刺繍くらいで……」

「けどユランは頭のいい子だから、学べばなんでもできるようになると思うんです。だから、その」

モゴモゴとしながらもふたりがそう言うと、アルフレッドは承知したと言うようにニコリと笑みを浮かべた。

「わかった。すぐに教育係を手配しよう。マナーとダンス、それから芸術や哲学などの教養、学問の教授も必要だな。政治、歴史、宗教、それに言語……」

どうやらアルフレッドは本気のようだ。コレットとサビーヌは驚愕しながらも自分たちの可愛がっていた少女が王族の階段を上っていく予感に興奮して頬を赤らめ、ユランも大いに力を貸してくれる彼に感激していた。

「アルフレッド様、ありがとうございます！　私、必ずアルフレッド様に相応しい淑女になってみせます！」

意気込むユランの姿は、どんな奇跡も起こせるような気がするほど力強かった。この娘にはそう思わせる不思議な力がある、アルフレッドたちが心の中でつくづくそう感じていたときだった。

「あ、言語の教授は大丈夫です。にんげ……ええと、この世界の言葉ならひと通り話せるから」

「……え？」

予想外のユランの発言に、その場にいた者たちは耳を疑った。

聖竜は人間の言葉を理解している、国や種族に関わらずどんな言語であってもだ。

それが、人より遥かに古い歴史を持ち優れた叡智《えいち》を有し神とも崇められる聖竜というものなのだ。

試しに十数ヶ国の言語をユランが流暢に話してみたところ、アルフレッドたちは驚愕を通り越し神業《かみわざ》を見るような目でユランを見つめた。

そして誰もが、この無謀な結婚計画はもしかしたらとんでもない奇跡を起こすのではないかと小さく震えた。

それから半月。

アルフレッドによって講師をつけられたユランは、学んだことをみるみる吸収していった。それはもう講師たちが目を瞠るほどに。

特に学問に関してはユランの能力の高さが際立った。初めは慣れない単語や名称に多少戸惑った様子を見せたものの、それさえわかると「ああ、あのことね」と、まるで知っていたことを思い出したかのように全体を理解するのだ。むしろ歴史や地学など講師の知らないことさえ語ることがある。

そもそも人間より遥かにこの世界のことを知っている聖竜からすれば、人間の講師から教わる学問などない。強いて言うなら新たに生み出された単語や名称、細かな習慣、それから人間が独自に生み出した文化や物の仕組みなどは解説されないとわからないが。

マナーと芸術はその最たるもので、こちらは手探りに近かった。

ユランは手先の細かなことは少々苦手だ。竜から人間になって指の数が変わったのもあって、未だに戸惑うことがある。それゆえにテーブルマナーと楽器の演奏にはいささか苦労した。

しかし姿勢や歩き方、所作《しょさ》や言葉遣いなどの習得は早かった。むしろ少し〝おしとやか〟を心がけるだけで十分に形になるのだ。

ユランはその性格から普段は気取らず、仕事柄所作も気にしない。けれど元来彼女が持つ気品を損ねることはなく、ほんの少し立ち居振る舞いを正せば、それは遺憾《いかん》なく発揮されるものだった。まるでその姿こそが本性であるかのように。

こうしてユランの気品も知性もどんどんと磨かれていった。厩務員としての仕事をしながらの授業だったので非常に多忙だったが、ユランは人間の倍以上体力があるので全く苦にならなかった。

しかしなんといってもユランが頑張れたのは、アルフレッドが協力してくれたからである。彼の期待に応えたいという思い、そして努力の末に待っているケッコン、それだけでも十分なご褒美だが、アルフレッドはダンスの手ほどきまで自らしてくれた。

当然ユランはダンスのレッスンが大好きになった。宿舎の食堂を利用して、或いは厩舎前の小さな広場で、ピアノの伴奏すらないながらも、それはユランにとって夢のようなひとときであった。

「一、二、三……一、二、三……そこでターンだ。よし、うまいぞ」

クルリと爪先立ちで回った体を、アルフレッドの手がしっかりと受けとめてくれる。

好きな人と手を取りながらリズムに乗るなんて、ダンスとはこんなに楽しいものだったのかとユランは何度だって感激する。

「綺麗だったわよ、ユラン」

「様《さま》になってるぞ、本当にどっかのお姫様みてえだ」

見守ってくれていたコレットやサビーヌ、それに厩務員の同僚もユランの踊る姿を見てやんやと手を打つ。中には周りで一緒に踊りだす者もいて、昼下がりの小さな広場はのどかな賑《にぎ》やかさに溢れていた。

アルフレッドにもみんなにも褒められて、ユランはすっかり上機嫌だ。嬉しそうに頬を染め肩を竦めて笑うと、「アルフレッド様、もう一回!」と彼の手を握った。

そんなユランが可愛くてたまらないと言わんばかりに目を細め、アルフレッドは眉尻を下げて言う。

「もう一回、と言いたいところだが、俺はそろそろ宮殿に戻らなくては。軍事関係の客が来ているんだ。すまない、続きは明日な」

手をほどかれユランは淋しくて唇を尖らせそうになったが、彼が多忙なのはわかっているので素直に頷いた。

「わかりました。また明日」

するとそれを見ていた同僚らが、明るい声で話しかけながら近づいてきた。

「じゃあ俺が相手になろうか、ユラン。アルフレッド様ほど達者じゃなくて悪いけど、練習にはなるだろう」

「こう見えて僕はダンスには自信があるんだ。ユランが満足するまでつきあってあげるよ」

ユランからすれば彼らはよき仲間だ。宿舎に来たばかりの頃も色々教えてくれた人物でもあり、信頼している。申し出はとてもありがたかった。

それなのにどうしてか、ユランは彼らと踊る気にはなれない。もっと練習したい気持ちはあるのに、なんとなく気が引けてしまう。すると。

「……やはりもう少し練習していこう。ユラン、さあもう一回だ」

アルフレッドが一度ほどいた手を再び差し伸べてきた。その顔からは笑みが消えていて、どこか真剣さが滲んでいる。

「いいのですか？　お客様がお見えになっているんじゃ」

「構わない。宮殿まで馬を飛ばす」

嬉しいものの急に予定を変更したアルフレッドが不思議でユランがキョトンとしていると、彼は少し強引に手を取り、腰にも手を回してワルツの姿勢を取った。

「ほら、集中しろ。一、二、三……」

「は、はい！」

リズムを取りながらアルフレッドの青い瞳はジッとユランを見つめている。まるで大切だけど奔放な小鳥がどこかへ飛んでいってしまわないよう、見張っているかの如く。

声をかけた同僚らは自分たちが野暮《やぼ》なことをしたと気づき、そっとふたりから離れていった。コレットとサビーヌはそれを眺めながらニヤニヤと頬を緩めている。もしアルフレッドが王子でなければ、「ヤキモチやきだねえ」とからかっていただろう。

こうしてアルフレッドの協力を得て、仲間たちにも応援されて、ユランは瞬く間に淑女として成長していった。

秋も深まる頃には、ユランの噂は王宮に随分と広まっていた。なんでも、アルフレッド王子が庶民の娘に惚れ込み令嬢教育をしていると。

当然その噂はカトリーヌの耳にも届いており、彼女は毎日怒髪天《どはってん》を衝《つ》く勢いで憤っていた。

「ジネット王妃は何をされているのよ！　私と彼の結婚を推し進めてくださるんじゃ

なかったの⁉」

離宮の私室でカトリーヌは扇でテーブルを叩きながらキイキイ喚く。

「それが……王妃殿下はエドガー王子殿下と共にガラタニア帝国をご訪問中で」

側仕えの女官がおずおずと伝えると、カトリーヌは「役立たずな老婆ね！」と王女にあるまじき口の悪さで罵《ののし》った。

ジネットとしては別にカトリーヌの味方というわけではない。アルフレッドがエドガーより格下の嫁を娶ればよかっただけなのだ。しかし彼は本気で庶民の娘に入れ込んでおり、カトリーヌどころか結婚すら避けている様子である。しかもこの状況にはアルフレッド派の廷臣らも困惑しており、あれほど高かった評判に陰りが見え始めているではないか。したたかなジネットは作戦を変更し、カトリーヌとの婚姻を推し進める手を緩めた。このまま盲目の恋に突っ走った彼が王位継承権を放棄するなどと言いだしたなら最高に愉快なことになる。王宮内外の支持率はどん底まで落ち、ガラタニア帝国も皇女と結婚させようとは思うまい。

ジネットはアルフレッドが勝手に自滅してくれることを期待しつつ、ガラタニア帝国にさりげなくそのことを吹き込みにいった。庶民の娘に入れ込んでいる馬鹿な第二王子より、真面目《まじめ》で誠実な第三王子と結婚すべきですよと。カトリーヌのことはもう用済みだが、万が一のためにトリンギア王国に一応は残しておきつつ。

しかし納得いかないのはカトリーヌだ。ジネットに派閥争いの駒として使われていたことはわかっていたが、利害が一致しているのだからと納得していた。それがこの手のひら返しである。もうジネットから積極的な支援は望めないだろう。

カトリーヌは綺麗に磨かれた爪を怒りに任せギリギリと噛む。薄情なジネットも、不愛想で悪趣味でおろかなアルフレッドも許せないが、なんといっても図々しいユランが許せない。小汚い庶民の分際で盾突《たてつ》いてきただけでなく、娼婦のように媚びを売って王子を奪うとは、どこまで憎たらしい存在なのだろうか。

憎しみに加えカトリーヌはユランに対して、僅かに恐怖も抱いていた。初めて会ったときにユランは唐突にカトリーヌを嘘つき呼ばわりしたのだ。

嵐の日の真実は、ドワイランド王国の数人しか知らない。あの日、近くの港に停泊していた商船は嵐が収まってから出港し、すぐに近場の岩の上にトリンギア王国の兵士たちが打ち上げられているのを見つけ、救助した。助けたことに変わりはないが、嵐は収まっていたし船が多く通る航路の近くだったので、ドワイランドの商船が助けなくてもいずれ他の誰かが助けただろう。

そしてそのときの商船に、カトリーヌは乗っていなかった。船が湾口に着き、助けたのがトリンギアの王子だと報《しら》せを受けたドワイランド国王が咄嗟にカトリーヌを港町へ向かわせ、感動的な救出劇をでっちあげたのである。

当然固く緘口令《かんこうれい》が敷かれ、真実を語る者は誰もいない。それなのに何故ユランはカトリーヌの救出劇を嘘だと言いきったのだろうか。

彼女は何かを掴んでいるのかもしれないと思うと、カトリーヌは尚更ユランをアルフレッドから遠ざけたかった。もっとも、証拠がない限り戯言《ざれごと》でしかないのだけれど。

「あの小娘、絶対にこの王宮から追い出してやるわ……！」

憎しみを籠めて呟き、爪をギリッと強く噛む。ドワイランド王国の未来と王女のプライドをかけて、ユランは絶対に排除しなくてはならない。

カトリーヌは側仕えを手で招き寄せると、扇で口もとを隠しながら耳打ちした。

「どんな手段でもいいわ。あの女を消しなさい」と。

その日の深夜。

人々が寝静まった王宮の敷地を、足音を忍ばせ駆けていく影がひとつあった。それは厩務員宿舎までやって来ると、辺りを見回し手に持っていた壺から油を撒《ま》き火をつけようとする。しかし。

「ちょっと待て」

暗闇の中から声をかけられ、火をつけようとしていた人物は飛び上がらんばかりに驚いた。咄嗟に身を翻し逃げようとする彼の腕を、声をかけた者が掴む。

「逃げないで、俺だよ」

「……ジャック。脅かすなよ」

ジャックと呼ばれた少年は、ユランに泥水をかけた庭師の下働きだ。ジャックは掴んでいた手を離すとニッと口角を上げてみせる。

「ドナ、放火する気だったの？　やめときなよ、もしバレたら投獄どころか処刑だよ」

火をつけようとした少年、ドナはゴクリと唾を呑んでから煩わしそうに眉根を寄せた。

「仕方ないだろ、金が必要なんだ。それにもし捕まったとしても処刑にならないようにしてくれるって話だし……」

ジャックとドナは共にこの王宮の下働きで、人に言えない雑務を請け負って小遣いを稼ぐ同志だった。ただし遊ぶ金が欲しいだけのジャックはリスクの高そうな依頼は受け付けない。対して故郷に病気の母がいるドナは、報酬が高ければ危険があっても依頼を引き受けていた。

「ドナに金が必要なことはわかってるよ。……だからさ、もっと割のいい依頼を引き受けてくれない？」

ジャックはそう言って懐から布袋を出した。ずっしりと重そうなそれには放火の依頼の三倍は多い金貨が入っており、中身を見たドナは口をポカンと開けたままジャックと金貨を交互に見た。

「お前、こんな大金どうして……誰の依頼なんだ？　そもそもどうして俺がここに来ることを知ってたんだよ？」

さすがにこれはただごとではない予感がして、ドナの腰が引けた。しかし暗闇の中から大きな影が現れ、彼の腕を掴んで逃げられないようにする。

驚いたドナが振り返ると、そこにいたのは彼を捕まえるための衛兵ではなく――。

「依頼主は俺だ。選べ、大金を受け取り放火が誰からの依頼か吐くか、それともこのまま牢に投げ込まれ首を刎ねられるか。さあ、どっちがいい？」

仄《ほの》かな月明かりに照らされた金色の髪、冷たくも美しい顔立ちは見間違えるはずもなく、ドナはこの国の第二王子が自分に選択を迫っていることに衝撃で固まった。

「もう一度聞く。選べ」

陰りを帯びた青色の瞳が眼光鋭く見据えてくる。震えて声が出ないドナに、アルフレッドの脇からジャックが顔を出し小声で告げた。「悪いこと言わないから、アルフレッド様に従ったほうがいいよ」と。

ユランの噂が王宮に広まった頃から、アルフレッドは彼女の周囲に警備をつけるようになった。ユランとしては襲撃如きで傷つく体ではないので平気だと言ったが、アルフレッドからしてみればそうはいかない。特に無防備な就寝中は警戒が必要だった。

そんなとき、泥水事件からユランに懐くようになった少年ジャックが教えてくれたのだ。『この王宮で人に言えない用事を頼まれるのは、俺かドナだよ』と。

前回の依頼でジャックがユランに捕まってしまったことを考えると、今回依頼されるのはドナの可能性が大きい。そしてその読みは当たった。

ジャックもドナも互いに依頼を引き受けたことは話さないが、行動を見ているとなんとなくわかる。下準備のためコソコソとどこかへ行ったり、報酬がよければ機嫌がよくなるからだ。

ジャックの情報はアルフレッドにとって非常に助かるものだった。警備を敷いているとはいえ、できることなら自らの手で確実に現場を押さえたい。しかし王子として多忙な彼が毎晩ユランの宿舎を見張るわけにもいかないのだから、実行犯がいつ来るのか可能性の高い予測がつけられるのはありがたかった。アルフレッドはユランに泥水をかけたジャックのことを心の底で許せずにいたが、これで水に流してやろうと密かに思った。

そうして予定通りにドナを捕らえたあとは高額な報酬と引き換えに口を割らせた。

些細《ささい》な悪戯程度ならともかく、人命に関わるかもしれない放火の依頼だ。当然ドナは簡単に依頼主を暴露するのをためらったが、王子から直々に問い詰められたら話さないわけにはいかない。「俺に依頼してきたのは従僕のまとめ役の男です」と震えながら白状した。

さすがはカトリーヌである。すぐに自分の仕業《しわざ》だとバレるような杜撰《ずさん》な真似はしない。何人もの人間を介し自分が真犯人だと辿り着けないようにしている。

しかしそんなことはアルフレッドも承知であった。ひとりひとりを辿っていき、大金で買収するなり、ときには王子であることの権威を笠に着て脅迫もした。中には口を割らなさそうなエドガー派の宮廷官もいたが、そんなときは別の軽薄なエドガー派の大臣を買収し、騙すような形で依頼人を聞きだした。

王宮内での放火は超重罪だ、カトリーヌもよほど念に念を入れたのだろう。七人も依頼人を介し、ようやくカトリーヌの側仕えまで辿り着いた。それでもかかった時間は僅か一日だ。作戦が失敗し探りを入れていることをカトリーヌに悟られぬよう、迅速に犯人を割り出す必要があった。そのためアルフレッドは金に糸目は付けず、買収のため使った費用は宮廷官の年収にも匹敵する。もちろん彼の私費だ。

しかしそんな金などアルフレッドは惜しくない。ユランを失わないためなら安いどころか、金で解決できるだけマシだとさえ思う。

放火未遂の翌々日、カトリーヌの側仕えはソワソワとしていた。予定では一昨日か昨日には作戦は実行されるはずだった。それなのに宿舎の火事騒ぎもなければ、依頼した宮廷官からなんの報告もない。

もしやこれは何かよくない事態になっているのではないかと汗をひと筋こめかみに流したとき、カトリーヌが口を開いた。

「アンヌ。あなたに頼んだ例の件はどうなっているのかしら」

側仕えのアンヌはビクリと肩を跳ねさせ「ま……間もなくかと。何せ慎重を期すことですから」と作り笑いを浮かべて答えた。

そのときだった。何やら離宮の一階が騒がしくなったと思いきや、何人もがこちらへ近づいてくる足音がした。そして二階にあるカトリーヌの私室の扉をノックもなしに開け放つなり、厳しい声と共に何人もの兵士が踏み込んできた。

「カトリーヌ・ドワイランド！　王宮敷地内での放火、および殺人未遂計画の罪により、お前を拘束する！」

先頭に立って令状を突きつけてきたのは、なんとアルフレッドだった。

カトリーヌは驚愕のあまり、ただ目を瞠る。それからみるみる青ざめていく顔で
「な……っ、なんの冗談です？」と引きつった笑みを浮かべた。

「すでに実行犯および、お前が命令をくだし媒介した人物からは証言を取ってある。慎重を期したのが仇《あだ》となったな、複数の証人を作ることになってしまった。さあ、観念しろ」

すでに周囲をぐるりと衛兵に囲まれ、カトリーヌは唇を引き結ぶ。そして横目でアンヌを睨《にら》みつけてから、顎《あご》をしゃくって傲慢に微笑んでみせた。

「本当にこの私が命じたという証言があるのかしら？　それは私の臣下が勝手にやったことだという可能性はなくって？」

カトリーヌには自信があった。この計画を他の者たちに依頼するにあたって、カトリーヌの名を出していないことに。おそらくこれははったりだ。アルフレッドはアンヌまでは辿り着いたかもしれないが、カトリーヌが命令をくだしたことまでは確実な

証拠を掴んでいない。

今にも倒れそうなほど青い顔をしてビクビクしているのはアンヌだ。睨みつけてくるカトリーヌを恐れ、ダラダラと汗を掻いている。犯した罪が明るみに出れば罰せられるという恐れもあるが、カトリーヌが主犯の罪をなすりつけてこようとしているのを察して、哀れなほど震えていた。

側近が主人の罪を肩代わりするというのは、古今東西《ここんとうざい》よくある話だ。アンヌも主であるカトリーヌを思うのならそうすべきだろう。カトリーヌには側仕えに抜擢《ばってき》してもらった恩がある。それにここで彼女の罪を引き受ければ、秘密裏に莫大《ばくだい》な謝礼金をもらえるだけでなく、アンヌの一族は王宮で便宜《べんぎ》を図ってもらえるようになるに違いない。家族も親戚も大喜びだ。……ただし、アンヌ本人は間違いなく処刑されるだろうが。

アンヌが戸惑っていると、カトリーヌが低く冷たい声で「アンヌ」と呼びかけた。

アンヌは固く目を瞑り覚悟を決める。

「お……お許しください。それは私が勝手に……」

そう言いかけたとき、アルフレッドがもう一枚の令状を懐から出して見せてきた。

「そうそう、重要なことを伝え忘れるところだった。カトリーヌ、お前の父であるドワイランド国王は国際法に反する貿易を繰り返していた罪により、国際裁判にかけられることとなった。判決が出るまでドワイランド王国の湾口は大陸連合国が管理する。国王は逃亡を試みたので現在は幽閉中だ」

「……は?」

間の抜けた声を上げたのは、カトリーヌとアンヌ同時だった。

突然理解できないことを告げられ、カトリーヌは目が点になっている。完全に思考が停止している彼女に、アルフレッドは親切にも言葉を付け足した。

「そう驚くことでもあるまい。ドワイランドの王朝がコロコロ変わるのは昔からのことだ。政権は今、臨時で宰相《さいしょう》とその一派が舵を取っているそうだ。このまま大陸連合国の管理下に置かれるか、新政権を樹立するか話し合っている。よかったな、お前が政略結婚をする必要はもうなさそうだぞ」

つまり、ドワイランドの国王は玉座を追われたも同然であり、それはカトリーヌの没落も意味する。

それを聞いた途端、アンヌはカトリーヌを指さして声高らかに叫んだ。

「私に『ユランを始末しろ』と命令したのはこの女です!!」

側仕えの見事な手のひら返しに、室内は一瞬静まり返る。やがてアルフレッドは

「ククク……」と笑いだし、兵士たちも皆顔を隠しながらも肩を震わせた。

カトリーヌはただただ唖然としている。

手段を選ばず目先の利益ばかり追求してきたせいで、足もとがこんなに脆くなっていると王共々気づかなかったのだろう。

もっとも。誰もが把握しながらも面倒で傍観《ぼうかん》していたドワイランド王国の悪行を、アルフレッドが証拠を揃えて連合国会議の議題に上げて追い詰めたからこその結果ではあるが。

この数ヶ月、アルフレッドは公務をこなしユランにレッスンをつけつつドワイランドの裏貿易の証拠を捜すという、酷く多忙な日々を過ごしていた。

もう逃げないと決めた彼は力を尽くし、己の持てる武器を全て利用することをためらわなかった。国内外の人脈も、私財も、嫌っていた派閥の人間までも。

歴史ある大国の王子が本気を出せば、特に後ろ盾もない小国の罪を暴くことは難しくない。そもそも大体の国がドワイランドの裏貿易を知りながら取るに足らないと判断し放置していたのだ。それをトリンギアの王子に連合国会議の場で問題にされては、重い腰を上げないわけにはいかなかった。

全てはアルフレッドの計画通り、努力の結果だ。

「カトリーヌを地下牢へお連れしろ。今はまだ一応王女だ、丁重にな。それから、アンヌと言ったか。お前にはまだ聞きたいことがある。それから他の側仕えらもだ。共犯者になりたくなかったら知っていることは洗いざらい話すんだな」

手際よく指示を出すアルフレッドの横を、兵士に拘束されたカトリーヌが連れていかれる。呆然としていた彼女は突然その場に泣き崩れると、アルフレッドの足に縋った。

「誤解です、アルフレッド様！　私はあなたの命を救った恩人でしょう⁉　慈悲深い私が、そんな恐ろしいことをするわけないではありませんか！　恩人の言うことを信じてくださらないのですか⁉」

泣き喚くカトリーヌを一瞥して、アルフレッドは「恩人、か」と呟く。そして彼女に初めて笑みを向けた。

「あのときあなたが命を救ってくれたから、俺はこうして正義を遂行できた。感謝している」

その笑顔はとても上手な作り笑いで惚れ惚れするほど優しいのに、カトリーヌは眉を吊り上げ、縋りついていた足に爪を立てた。

「ちきしょう！　あんたなんか助けるんじゃなかった！　こんなヤツ、海の藻屑になっちまえばよかったんだ！」

あまりに下品な罵り方に、アルフレッドは声を上げて笑う。

「ははは！　カトリーヌ、今のあなたは俺が知っている中で一番活き活きしているぞ」

周囲の兵士たちは王女の品格を失くしたカトリーヌにも、いつも無表情なアルフレッドが笑ったことにも驚き、目を丸くしながら王女と側仕えたちを連行していった。

五章　乙女の秘密

ドワイランド国王とカトリーヌの件は大陸をどよめかせた。王と王女がそれぞれ別の重罪を犯し罰せられるなど前代未聞である。

国王は裁判が終わるまで連合国監視のもと、ドワイランドの辺境にある離宮に幽閉されている。裏貿易には多くの国の金持ちや貴族が関わっており、調査や審理も大規模だ。おそらく最終的な判決まで数年はかかるだろう。

カトリーヌのほうは加害の対象が狭かったこともあり、早々に判決が下った。もはや王女と言えるような言えないような宙ぶらりんの立場なので処遇の決定には少々手間取ったが、一応はもとの身分を考慮し処刑ではなく流刑となった。ドワイランドにほど近い離島の小さな屋敷で生涯過ごすことになるという。

カトリーヌをトリンギア王宮に住まわせていたことについてジネット王妃にも非難の矛先が向いたが、したたかな彼女は「アルフレッド王子と大変愛し合ってらしたから、王宮へ遊びにいらっしゃいとお招きしただけです」とシラッと罪を逃れただけでなく、責任はアルフレッドにあるとばかりに罪をなすりつけた。

当然アルフレッドはそれを否定したが、周囲からはどんな男女の事情があったのかもわからなければ、ジネットがどれほど口出ししたのかもわからない。結局この辺りはうやむやになり、彼女が立場を悪くすることはなかったのだった。

ことの顛末を知ったユランは少々不満だった。カトリーヌの悪事が裁かれたのはいいが、彼女自身は容疑を否認し続け反省の言葉もないという。ユランとしては刑罰でカトリーヌが苦しむよりも、嘘を認めて「ごめんなさい」と謝ってほしい。

しかしそれでも意地悪な彼女がアルフレッドに付き纏うことはもうないのだと思うと、やはり安心もするのであった。

そうして色々騒がしかった王宮がようやく落ち着いた頃には、季節はすっかり冬になっていた。

「わあ……不思議」

ユランは積もった雪を手で掬っては、溶けていく様子をジッと眺めている。

そんなユランを見て、厩舎の先輩であるオディロンが苦笑しながら声をかけた。

「ほら、雪遊びがしたいならさっさと仕事を片づけちまいな。竜たちが腹を空かしているぜ」

ハッとして顔を上げると、竜房の竜たちが何か訴えるような眼差しをこちらへ向けていた。ユランは慌てて手の雪を払い餌袋を担ぐと、「ごめんね。すぐに配るからね」と餌桶に飼料を注いでいった。

昨夜遅く、トリンギアに今年初めての雪が降った。朝になり目を覚ますと外は一面の銀世界で、人間になって初めて雪を体験したユランは新鮮な感動を覚えたのだった。竜だった頃、赤道に近い故郷の火山島に雪は降らなかった。しかしだからといって雪を見たことがなかったわけでもない。あちこち飛び回っていたユランは雪の降る大陸も見たことがあるし、吹雪の山の上を羽ばたいたこともある。

けれど雪の結晶を見たのは、今日が初めてだ。その存在は伝え聞いて知っていたが、竜の大きな目で視認するのは難しい。ユランは今朝の餌やり中にふと黒い手袋についた雪が不思議な形をしていることに気づき、思わずジッと観察してしまった。全てが結晶になるわけでもなく、また形も色々だ。面白くて、ユランはまるで好奇心旺盛な子供のように夢中になった。竜の餌やり中ということも失念してしまうほどに。

（人間の目で見ると色々なことが新しくて不思議だわ。今度会ったときシーシルにも教えてあげようっと）

そんなことを考えながらテキパキと飼料を運んでいると、餌袋を積んだ荷馬車の向こうからギュッギュッと雪を踏みしめて近づいてくる足音が聞こえた。

「アルフレッド様！」

ユランはいったん担いだ餌袋を荷馬車に置いて駆けだす。そして、こちらへ向かって歩いてくるアルフレッドに向かって元気いっぱいに飛びついた。

「アルフレッド様、おはようございます！　お帰りになっていたのね！」

「ああ、ただいま、ユラン。それから、おはよう」

冬用の外套《がいとう》を着たアルフレッドは懐へ飛び込んできたユランの体をしっかり受けとめ、そのままギュッと抱きしめる。嬉しくなったユランはもっと腕に力を籠めようとしたが、ハッとして体を離し「いけない、こうじゃなかったわ。……おかえりなさいませ、アルフレッド様。ご無事のお帰り、何よりです」とはにかみながらスカートの裾を持ちあげる真似をした。

アルフレッドは半月前からドワイランドの件で連合国会議に出席するため、ガラタニアまで出かけていた。半月ぶりの再会に、ユランがはしゃいで刹那礼儀を忘れてしまったのも仕方ない。

そして何より、アルフレッドはそんなユランが愛しくてたまらなかった。

「いいんだ。ふたりきりのときは無邪気なままのユランで構わない。飛びついてくるお前を抱き留めるのは俺の喜びだ」

そう言ってアルフレッドはいったん離れたユランを再び腕の中へ閉じ込める。

「うふふ。アルフレッド様、だーい好き」

素直に彼の胸へ頬を摺り寄せるユランは幸せいっぱいだ。まるで雪まで溶けてしまいそうな熱愛ぶりだが……厩舎の奥ではお腹を空かせた飛竜たちが「ご飯まだですかー？」の大合唱をしており、荷馬車へ餌を取りにきた厩務員たちがふたりに近づけずモダモダと困っていた。

「んっん……、さあ仕事を片づけてしまおう。俺も手伝う」

周囲の視線に気づいたアルフレッドは顔を赤くして咳払いをすると、腕をほどきそそくさと餌袋を担いだ。ユランは素直に「はーい」と従い、餌袋を六つ担いで軽い足取りで彼についていく。

「アルフレッド様。私、先週の神学の授業で先生に修了をいただきました。それにハンカチに竜の刺繍ができるようになりました。今度私が刺繍を入れたハンカチを、アルフレッド様に贈らせてください」

ユランは手際よく餌桶に飼料を入れながら、彼が留守の間の報告をする。

秋から始めた淑女訓練は順調で、学問に関してはもう基礎は修了し、より高度で専門的な分野に移行している。講師の中にはこのまま学者になったほうがいいのではないかと勧める者もいるほどだ。

手こずっていた刺繍も達者とまではいかなくとも、形にはなってきた。楽器も簡単な童謡くらいは弾《ひ》けるようになったし、マナーに関してはとっくに修了している。

品性に教養、知識が磨かれれば磨かれるほど、ユランは洗練されていった。力を使う厩舎仕事のときでさえ所作が綺麗だし、会話は理知的でどんな話題にもついていける。だからといって気取っているふうでもなく相変わらず素直で明るいユランに、最近では熱い眼差しを向ける男性も増えてきていた。

「そうか、よく頑張ったな。ハンカチを楽しみにしているよ」

褒められたユランは嬉しそうに頬を染めて破顔する。その屈託のない笑顔のなんと魅力的なことか。アルフレッドは目を細めそれを眺めつつ、自分の前以外では彼女の笑顔は扇で隠すべきだと考えた。でないと彼女に魅了される男が続出してしまう、と密かに懸念を抱く。

「それで……今日はお忙しいでしょうか？」

いつの間にか全ての餌をやり終えたユランが、空になった餌袋をモジモジと抱きしめて尋ねる。ダンスのレッスンをお願いしたいけれど、アルフレッドの仕事の邪魔をしてはいけないという葛藤の表れだ。

アルフレッドはフッと小さく笑うと、片手を伸ばしてユランの小さな頭を撫でた。

「今日は早めに公務を終える予定だ。夜になったらダンスのレッスンをしよう」

再び花開くように笑顔になったユランは「はい！」と元気いっぱいに頷く。その姿にアルフレッドも顔を綻ばせたが……。

「それから……少し話がある。そのときに」

そう付け加えた顔は真剣みを帯びていた。

「お話ですね。わかりました」

ユランにはなんの話題か見当がつかなかったが、彼とお喋りできるのならどんなことでも嬉しいと思い、張りきって竜房の掃除を始めた。


その日の夜。

「ああ、楽しかった！　どうもありがとうございました！」

宿舎の食堂を借りてアルフレッドとダンスの練習をしたユランは、とても満足な気持ちで礼を告げた。

「半月ぶりだったが腕が鈍るどころか上達していたな。……俺が留守の間、誰かと練習していたのか？」

「はい。コレットとサビーヌが男役を引き受けてくれたので」

「そうか。ならよかった。……あのふたりにはよく礼を言うとしよう」

アルフレッドは密かに安堵の溜め息をつく。彼の男心に気づかないユランは窓の外に白いものがチラチラしているのを見つけると、「また雪が降ってきたわ！」と窓辺へ駆けていってしまった。

「アルフレッド様、いいものをお見せいたします！」

そう言うとユランはドレスの裾を翻しながら食堂を出て、さらには宿舎の外へと出ていった。アルフレッドがあとを追うと、彼女は降ってくる雪に手を伸ばし、手のひらにくっついたそれを見ては眉を顰《ひそ》め難しい顔をしている。

「？　何をしているんだ？」

アルフレッドが近づくと、ユランはどうにもうまくいかないといった様子で小首を傾げ、溶けた雪で濡れた手を差し出してきた。

「雪の結晶をお見せしたかったの。でも素手ではすぐ溶けてしまって……」

なんとも可愛らしいことをしていたユランに、アルフレッドの頬が勝手に緩んでしまう。そして自分の紺色の上着の袖についた雪を観察して、「ユラン」と声をかけた。

「ほら、ここ。結晶だ。色の濃い布の上に落ちた雪だと見つけやすいぞ」

「わ、本当だわ……六角形になってる」

見せてあげるはずが見せてもらう立場になってしまったが、それでもユランは構わない。彼と一緒に結晶を見て綺麗だという心を共有できたのなら、それで満足なのだ。

しばらくふたりで黙って結晶を眺めたあと、アルフレッドは「ユラン」ともう一度呼びかける。その声はさっきよりもどこか緊張感を帯びていた。きっと朝に言っていた話のことだと思い、ユランも表情を引き締める。

「……頼みがある。聞いてくれるか」

「もちろんです！　私にできることならなんなりと！」

彼に頼られるなど光栄でしかない。意気揚々と即答したユランだったが、次の言葉には答えを返すことができなかった。

「お前の本当の姿を教えてほしい。どこの国の、どんな身分の者なのか」

ユランは戸惑いを隠せない表情を浮かべ「それは……」と口を噤んだ。

今までアルフレッドがユランの故郷を不思議がっていたことは何度もあったが、具体的に所在を聞いてきたのはこれが初めてだった。しかし正体が聖竜であることを明かせないユランにはどう答えるべきかわからない。そもそも竜には国なんてないし、故郷の火山島にも名前はない。

「……く、国の名前はわかりません。私は島で暮らしていました。み、南のほうの島です。身分は、身分は……」

モゴモゴと歯切れ悪く返しながら、ユランは悩む。魔石様は『自ら正体を明かしてはいけない』と言っていた。正体とはいったいどこまでのことを指すのだろう。

聖竜であることは言えなくとも、王女であることは明かしていいのだろうか。それに火山島の出身だからといって、必ずしも聖竜だとは限らない。ならば出身地を教えても問題ないのではないか。

「う、う〜ん？」

ユランは頭を悩ませる。それを見てアルフレッドは「……明かせないのか？」と神《しん》妙《みょう》な表情を浮かべた。

彼の頼みに応えられず、ユランは申し訳なさを覚える。眉尻を下げて「ごめんなさい」と謝ると、アルフレッドは切羽《せっぱ》詰《つ》まったように肩を掴んできた。

「頼む。お前がこの国にいるために必要なことなんだ」

「わ、私がこの国に？」

どうやら単なる好奇心などではなく、非常に重大な事態らしい。カトリーヌの問題を鮮やかに解決してくれたアルフレッドがこんなに切羽詰まっているのだから、よほどのっぴきならない状態なのだろう。

ユランにとってはアルフレッドの側にいることが全てだ。そのために人間になってここまで来たのだから。それが危ういとなればユランにとっても大ピンチ、危機的状況である。

「私の正体を明かさなければ、私はアルフレッド様のお側にいられなくなるのですか？」

「……そうだ」

アルフレッドは苦悩を滲ませた声で答える。ユランはいったいどうしたらいいのかわからずに、アタフタと焦った。

（どうしよう、どうしましょう。南の島の王女だと明かしていい？　聖竜であることを明かさなければいいの？　魔石様、私はいったいどうしたらいいのでしょう！）

無言のまま狼狽《ろうばい》しているユランに、アルフレッドも彼女がただ徒《いたずら》に身分を隠しているのではないと察する。

「明かせない事情があるのか」

ユランは小さく頷くと、人間の魔法が解けないように一文字ずつじっくりと言葉を発した。

「わ……私の島のさるお方との約束なのです。決して自ら正体を明かしてはならないと……」

素直でなんでも明《あ》け透《す》けに話すユランがここまで口を噤むのだ。その約束がさぞかし重大なことだと、アルフレッドにも理解できた。

両者の事情の板挟みになり、ふたりはしばらく沈黙する。それからアルフレッドは「……ならば」とゆっくり口を開いた。

「お前の口からは何も語らなくていい。これから俺がすることは、全て俺のおろかな行いだ」

「え？」

アルフレッドはユランを安心させるように頭を軽く撫でると、微笑《びしょう》を浮かべた。

そして「何があっても、どんな手を使っても、ずっと一緒だ」と小声で囁く。

どういうことかわからずユランがポカンとしているうちにアルフレッドは踵を返し、雪に足跡を残しながら行ってしまった。

（アルフレッド様、何をなさるつもり？）

現状を打破できない自分をもどかしく感じながら、ユランは遠ざかっていく彼の背を複雑な気持ちで見つめることしかできなかった。

――それは前日の晩、外交から帰ってきたアルフレッドが家族と臣下らとの晩餐会《ばんさん》に出席していたときのこと。

「それで、例の娘はどうするのだ」

会議の報告を終えたアルフレッドに、トリンギア国王で父であるセザールがそう聞いてきた。

「例の娘、とは？」

嫌な予感がしつつもアルフレッドは一応尋ね返す。セザールはナプキンで口もとを拭うと、「お前が厩舎に隠している風変わりな娘のことだ」とはっきり言った。

アルフレッドがユランへの愛情を隠さなくなったことで、ユランの噂は随分と広まった。それに加え今回のカトリーヌの放火未遂事件だ。動機がアルフレッドが寵愛《ちょうあい》している庶民の女への嫉妬だったということは、もはや王宮どころか国中にまで知れ渡ってしまった。

結婚相手は本人の意思に任せると決めたセザールも、さすがにこの件に関しては口を出さないわけにはいかない。結婚もしていないのに妾《めかけ》を囲うことも問題だし、こんなに堂々と庶民の女への愛を曝けだしていたら嫁の来手もなくなりかねないだろう。現に今回の件を知ってガラタニアは、皇女の結婚相手候補からアルフレッドを外したようだった。

そのうえカトリーヌのせいで、ユランには騒動の渦中にいた〝いわくつき〟の印象がついてしまった。セザールに限らず宮廷の者たちとしては、ユランにこれ以上この国と関わってほしくないと思うのも無理はない。

「なんでも殿下は服飾を買い与えるだけでなく、その女に教育を施しておられるとか。おやめになったほうがよろしいでしょうな。知性を与えたところで庶民は庶民、アヒルは白鳥にはなれますまい」

「殿下、まずは結婚なさいませ。身を固め嫡子《ちゃくし》が生まれれば妾のひとりくらい国民も大目に見てくれます。それに女など星の数ほどいます。わたくしがいくらでも紹介いたしますゆえ、その風変わりな女のことはお忘れになりましょう」

同席していた廷臣たちも王の意図を汲み、口を揃える。遠回しにユランと別れろと進言されて、アルフレッドの眉間に皺が寄った。

何事にも口を挟みたがるジネット王妃は、王の隣の席で黙っている。現状が彼女にとってとても都合のいい展開だからだ。このままユランに固執し結婚もせず王と対立してくれれば万々歳だと、密かにほくそ笑んでいた。

「お待ちください。彼女はまだ……庶民と決まったわけではありません。俺は彼女との結婚を望んでいます」

とんでもないアルフレッドの発言に、正餐室《せいさんしつ》はしばし静まり返った。「何を馬鹿なことを！」と「庶民ではないとはどういうことです⁉」というふたつの意見が飛び交う。

「ユランの身元はまだ不明です。俺は彼女のことを、我々大陸人が知らない島国の身分ある娘だと思っております。もしそうであれば我が国にとって新たな国との国交を結べる大いなるチャンス。彼女を娶ることが友好の証《あかし》となり、両国に多大な発展と利益をもたらすでしょう」

ユランの成長を見守り続けるうち、アルフレッドはもはや確信を得ていた。彼女は決して平凡な身の上などではないと。磨けば磨くほど知性と高貴な品格を漂わせるユランは、人々を導く身分であったに違いない。誇り高い両親の教えも頷ける。

もしかしたら彼女の故郷には国や王という概念がないかもしれないが、それでも酋長《しゅうちょう》や総代といった統治者の娘であろう。どちらにしろ島を治める一族の娘ならば、第二王子であるアルフレッドとの結婚は十分に一考の余地があった。

それはアルフレッドの確信的予感であり、願いであり望みだ。

ユランとこの先もずっと――できることなら年老い命尽きるまで共にいるには、結婚するしかない。妾にして囲い続ける選択もあるが、それはユランの心と尊厳を傷つけるうえ、溌溂とした彼女の生き方に相応しいとは思えなかった。何よりユランを愛したまま他の女性を娶るなど、不器用な誠実さを持つアルフレッドにはできない。

そしてユランを正式に妻にするためには、彼女が高貴な身分であることが絶対の条件であった。

もはやあとに引けぬ覚悟で宣言したアルフレッドを、テーブルについている誰もが驚愕の眼差しで見ている。いつも蚊帳《かや》の外の兄や、敵対視している弟まで「本当なのか?」という視線を向けていた。

ざわつく正餐室に、ひとつの咳払いが響く。それがセザールのものだと気づくと皆は口を噤み、王に注目して言葉を待った。

「そこまで言うのなら揺らがぬ根拠があるのだろうな」

「……はい」

「ならば待ってやろう。ふた月以内にその娘の身分と出身地を示せ。高貴な身の上だと示せぬのなら、国王の勅命《ちょくめい》として娘を国外追放する」

「……っ、はい……！」

これは絶対に負けられない賭けだ。ユランの身分が証明できなければ永久に彼女を失うこととなる。そのうえアルフレッドは色香に迷い庶民の娘を担ぎ上げようとしたとして、宮廷中の笑い者になるだろう。彼自身は執着していないが、派閥争いに決着がつくといっても過言ではない。宮廷でますます孤立を深めることは間違いなかった。

しかしそこまでのリスクを負ってでも、アルフレッドは賭けたかった。ユランは天が与えた運命の人だと、信じずにはいられなかった。

「俺の行ったことが正しいと、必ずや証明してみせます」

どんな敵にも怯まない勇敢な将軍の青い瞳は、戦場で前線に立ったときと同じ勇気の色を湛《たた》えていた。

翌日。ユランに正体を教えてもらえぬまま自室に戻ったアルフレッドは、次の手を探していた。

片っ端から海上図を広げ、疑わしそうな島国を調べていく。私財をはたき可能な限り船と船員をかき集めれば、ふた月あれば十隻くらいの探索船を出せるだろう。ユランの故郷らしき島国に探索船を出し、直接探るしかない。

あの素直すぎるくらい素直なユランが、自分の正体については唯一言葉を濁すのだ。どうしても語れない事情があるに違いない。おそらく国策で外国との交流を制限しているか、或いはよほど高貴な身分のユランを守るための秘匿《ひとく》だろうとアルフレッドは考える。

ならばこれ以上本人を問い詰めるのは気の毒だと思ったアルフレッドは、自力でユランの故郷の島国を探す道を選んだ。相手方の事情も汲み最大限配慮しつつユランの身分を明かし娶ることを、王子が自ら赴いて交渉する。それが最短で唯一の解決策だ。

「岩と森の島……確か火山島だと言っていたな。大陸人の調査の手がまだ入っていない未開の島……」

しかし小さな火山島など、この大海には数えきれないほどある。それこそまだ発見されておらず海図に記されていないものもたくさんあるだろう。探索船がユランの故郷を見つけられる確率は果てしなく低い。

途方もない探索にアルフレッドは顔を顰める。自分がしようとしていることは無駄ではないかというあきらめが、刹那頭によぎった。

しかしそれを振り払うように頭を振ると、世界中の航海記録などと照らし合わせ未開の島を探す作業を進めた。

——それから一ヶ月。

ユランの故郷探しは難航《なんこう》していた。ただでさえ砂漠の中で落ちた針を探すような途方もない探索なうえに、一年で最も社交界が賑わう冬は王侯貴族にとって多忙な時期である。聖夜祭から年明けまで毎晩各国の要人を招いた舞踏会が催され、新年の式典やパレードにも参加しなくてはならない。軍の最高司令官であるアルフレッドは新年の公開軍事演習なども取り仕切らねばならず、ユランの故郷探索に百パーセントの力を注げない状態であった。

探索に出した船は大小合わせて八隻。そのうち半分は戻ってきたが成果はなかった。今年は気温が低く、海上があちらこちら凍っていて航路が阻《はば》まれていると報告を受けた。残りの四隻もあまり期待できないかもしれない。

そんなアルフレッドにある日、なんとも間の悪い悪報が届いた。

「幽閉されていたドワイランド国王が逃亡したとの報告です！」

「大変です、殿下！　カトリーヌが島から脱走したとの連絡が……！」

おそらく脱走の手引きをする仲間がいたのだろう。ドワイランド王とカトリーヌが同時に逃亡したという報せに、アルフレッドは頭を抱える。

（くそっ、こんなときに！）

ふたりに逃げられたことはアルフレッドに責はないが、どちらの事件も深く関わっている立場上、放っておくわけにもいかない。特に国王はまだ裁判の途中ということもあり、連合国は慌てふためいて緊急の会議を開くこととなった。

開催国であるガラタニアへの移動時間や会議の日数を考えると、どんなに早くても半月は費やしてしまう。この時間のロスは大きい。

「ユラン。俺は少しの間ここを離れなくてはならない。……大丈夫だ。きっと全てうまくいく、何も心配しなくていい」

出発の日の朝、馬車の出発時刻に追われながらアルフレッドはユランの両手を握り、それだけ告げて発っていった。

慌ただしい別れで、彼女を笑顔にしてやることもできなかった。アルフレッドは馬車の中で、最後に見たユランの心配そうな顔を思い出す。

ユランの笑顔を守りたい。ささやかな願いなのに、それを願えば願うほど彼女の表情は曇っていく。もはやどうしていいかわからず、アルフレッドは項垂《うなだ》れて頭を抱え、ひとりきりの馬車の中で「ユラン……」と呟いた。

「はぁ……」

似つかわしくない溜め息をついて、ユランは朝食のパンにジャムを塗る。今日のジャムは冬が旬の林檎のジャムだ。さっぱりとした甘さが爽やかで気に入っている。

それなのにちっとも胸が躍らないのは今日に始まったことではなく、ひと月前にアルフレッドから正体を問われてからである。

あの日以来、アルフレッドはあまりユランのもとへ来なくなった。厩舎へ飛竜に会いにくることも、ダンスのレッスンをしにきてくれることも、ほとんどない。

人間の王族は冬は忙しいとは聞いていたが、相当多忙なようだ。会えなければ淋しいし、忙殺《ぼうさつ》されている彼の健康も気にかかる。

そしてたまに会いにきたときでも、彼の表情は常に焦燥《しょうそう》を帯びていた。その理由については、ユランにもさすがにわかる。そのわだかまりを残したまま彼が外交に行ってしまったのだから、朝から溜め息が止まらないのも仕方ない。

(私はどうするべきなのかしら。正体を明かさないと一緒にいられなくなる、けど正体を明かした途端に私は竜に戻ってしまう……どちらにしても一緒にいられないじゃない！)

どちらの道を選んでも行き止まりの迷路のようだ。それなのに戻ることはできないのだから、八方塞がりもいいところである。そのうえ一週間前からアルフレッドはまた外交に行ってしまい、物理的にも大きな距離が空いてしまった。ますます不安が募るのも仕方がない。

「おはよう、ユラン。相変わらず朝からよく食べるな」

暗い顔をしていたユランが声をかけられて顔を上げると、手に湯気の立つカップを持ったオディロンが席の後ろを通りかかったところだった。

「おはようございます。だってしっかり食べないと体が動かなくなるんですもの」

答えながら七つ目のパンをモグモグと食べる。人間の大きさになったとて竜の腕力や体力を維持するためには膨大《ぼうだい》なエネルギーが必要なのだ。今日のように憂鬱《ゆううつ》な気持ちの朝でも、ユランは五人前の朝食をペロリと平らげる。

山積みになった皿を見てオディロンは苦笑いを零すと、「それより」と話を続けた。

「厩舎長が呼んでたぜ。訓練場の掃除はいいから、飯が終わったら宿舎の外で待ってろってさ」

「厩舎長が？」

厩舎長はこの職務を取りまとめる上級貴族だ。書類仕事が多くあまり現場には来ないせいで、ユランは滅多に会ったことはない。ただ、ユランがこっそりとここに住んでいたことがバレたときには、なんとも苦々しい顔をしていたのを覚えている。

（私に用なんて何かしら？　重い物でも運ぶのかしら）

「かしこまりました。お言付け、ありがとうございます」

不思議に思いながらも礼を言って、ユランは再びパンを口へ運ぶ。時々愁《うれ》いを帯びた溜め息をつきつつも、力仕事に備えてパンを十五個食べた。

朝食を終えて宿舎から出ると、入り口の門のところに厩舎長が立っていた。

「おはようございます」

ユランが挨拶をすると厩舎長はくねった髭を指で弄《いじ》りながら「ん」とだけ答えた。もともと愛想のいい男ではないが、今日は殊更無口なようだ。

厩舎長は指をクイクイと曲げ「ついてこい」というジェスチャーをすると、無言のまま歩きだす。ユランは彼の後ろを歩きながら「どこに行かれるのですか？」「どんなご用ですか？」と尋ねたが、答えてはもらえなかった。

冬も半ばを折り返した王宮の道は、馬車や人が通るために雪が除けられている。初めて雪が積もった日は一面が白色に埋もれて綺麗だと思ったが、今や土交じりの雪があちこちに小山を作っている風景に、ユランは（雪って邪魔者みたい）と思いながら眺めた。

十五分ほど歩くと、ひと気のない大きな道に出た。そこには一台の簡素な馬車と馬が停まっている。

「乗りなさい」

厩舎長はそう言って馬車の扉を開けた。さらに馬車で移動するのかと思い中へ入ったが、厩舎長は扉を閉めてしまった。どうやらユランひとりしか乗らないようだ。

「あの……厩舎長？」

「あー……あれだ。アルフレッド殿下がお前に会いたいそうだ。この馬車に乗ってればアルフレッド様のところまで連れていってくれる。だから着くまでおとなしく居眠りでもしていなさい、うん」

「アルフレッド様が⁉」

途端にユランは目を輝かせ頬を薔薇色に染める。彼は今、ガラタニア帝国で重要な会議に参加していると聞いていた。そんな中でもユランに会いたいと思ってくれたことが嬉しいし、彼が望むのならどこへだって飛んでいきたい。

「厩舎長、私走っていきます。走ったほうが早いわ」

一秒でも早くアルフレッドに会いたいユランが馬車を降りようとしたが、厩舎長は慌ててドアを押さえて説得した。

「降りるな、馬車に乗ってろ。ア、アルフレッド様がどこにいるのかお前は知らんだろうが」

「あ。それもそうだわ」

ガラタニアが東ということはざっくりわかるのだが、細かな道まではわからない。そもそもガラタニアのどこでアルフレッドが待っていてくれているのかも知らない。

「御者の方、お馬さん。よろしくお願いいたします。気持ち急いでいただけたら幸いです」

ユランは前方の御者と馬に声をかけ、馬車の席に座り直した。こぢんまりとした馬車の座席は硬くて座り心地がよくないが、そんなことは気にならないくらいユランの胸は弾んでいる。

ユランが座ったのを窓から確認して厩舎長が頷くと、馬車はガラガラと走りだした。衛兵だろうか、ひとりの兵士が馬でついてきている。

「いってきまーす！」

ユランは馬車の窓から厩舎長に向かって手を振ったが、彼は振り返してくれることはなく、なんとなく罪悪感と哀れみの浮かんだような目でジトッと馬車を見つめているだけだった。

そうしてウキウキしたユランを乗せた馬車は、途中で馬と御者を替えながら五日ほど走った。夜もほとんど休まず走り、食事も睡眠もガタガタと酷く揺れる馬車の中でとったが、逞しいユランは平気だった。強いて言えば食事が少ないのが不満だったけれど。

ただひとつ気になったのは、馬車が東ではなく西へ進んでいることだ。ユランは方向感覚が鋭い。どんなにグネグネとした道を走ろうと、東西南北は把握できる。

「ガラタニアへ行くのではないの？　この馬車は西へ向かっているわよね？」

御者や衛兵に何度かそう聞いたが、彼らは「間違っていません」と答えるだけで、それ以外のことは何も話さない。厩舎長以上に愛想の悪い者たちばかりだ。

しかし着いた先でアルフレッドが待っていると信じきっているユランは、（もしかしたら行くのはガラタニア帝国ではなく、アルフレッド様のお気に入りの場所なのかもしれないわ。そこに私を招待してくれるつもりなのかも）と、勝手にロマンチックな妄想をして頬を熱くさせた。

そうして五日目の夜。ようやく到着したのは、なんとも寂《さび》れた港町だった。

「そのうち船が出る。そうしたらそれに乗れ」

馬車から降りたユランに五人目の御者はそう言って乗船券を渡した。行き先欄には西の海上に浮かぶ小島の名前が示されている。

「アルフレッド様はどこ？」

こんなところに彼がいるのだろうかとキョロキョロしながらユランが尋ねると、御者は「アルフレッド様？　俺はあんたをここまで運ぶように命じられただけだ」と御者台に戻って馬車を走らせて行ってしまった。

「あ、ちょっと！」

驚いているユランに、ついてきていた衛兵がなんと剣の切っ先を向けながら声をかける。

「言われた通りにしろ。船が出るまでこの町を出るんじゃない」

剣などちっとも怖くないが、失礼な人だわと思いながらユランは眉を顰めた。

「アルフレッド様はどこにいらっしゃるの？」

衛兵は強い口調で「知らん」と言いかけたが、ふと口を噤んで考えてから、「船に乗れば会える」と言い直した。

「！　この島で私を待ってくださってるのね！」

不満気味だったユランの表情がパァッと明るくなった。どうやらアルフレッドは島に招待したいらしい。そこがどんな島かはよくわからないが、彼が呼び寄せるくらいなのだからさぞかし素晴らしい場所なのだろう。

「嬉しい！　早く船が出ないかしら！　待ちきれないわ！」

ユランは乗船券を両手で掲げ、クルクルと踊る。踊った拍子に剣の切っ先が腕に掠《かす》ったが傷つくどころか全く意に介していないユランに、衛兵はギョッとして目を瞠った。

（船が出るまでジッとしていられないわ。いっそ泳いで向かおうかしら。ああでもこの体じゃ小さな島を見つけるのは大変かも。んもう、こんなとき翼があれば空から島を探せて便利なのに）

ソワソワと気が逸《はや》るが、今は出港を待つしかない。ご機嫌に踊り続けるユランを、陰鬱な港町の住人が物陰から何事かと見ていた。


——その三日後。

ガラタニアから戻ってきたアルフレッドは、殴りかからん勢いで父のセザールに詰め寄っていた。

「約束が違う！　二ヶ月待つと言ったではないですか！」

謁見室《えっけん》は大騒ぎで、衛兵たちは激怒するアルフレッドを押さえ必死に宥めている。

国王は「お、落ち着け！」と喚いていたがゴホゴホと咳き込みだし、それを見たアルフレッドはいったん彼の服を掴んでいた手を離した。

「殿下、国王陛下はお年を召してらっしゃるのですから……お話をするならどうか穏やかに」

オロオロしている大臣の言葉にアルフレッドは「わかっている」と答えながらも、怒りと焦燥でこぶしを握りしめた。

「……国王陛下、お答えください。何故俺との約束を違《たが》えユランを追放したのですか。そして彼女は今どこにいるのですか」

ようやく咳の治まったセザールは喉を押さえ、隣にいるジネット王妃に一度目を向けてから答える。

「聞けば、あの娘は奇妙なだけでなく兵士をも軽く凌《しの》ぐ怪力だというではないか。無知を装っているが他国の暗殺者の可能性がある。そんな者を王宮に留め置いておくわけにはいくまい」

なんと浅慮《せんりょ》な理由に、アルフレッドの怒りが再度込み上げた。ユランが暗殺者など甚《はなは》だおかしい。あんなに嘘が下手で素直すぎるほど素直な性格で暗殺者が務まるわけがない。彼女と接した者なら誰しもそう思うはずだ。

「……っ、横暴です。公正な判断ではない。そんな言いがかりがまかり通るなら、俺はこの王宮でもっと危険な人物を知っています」

アルフレッドは低く怒りを籠めた声で訴え、王の隣にいるジネットを睨んだ。加齢のせいで判断の鈍いセザールの焦燥を煽ったのは彼女に違いない。

ジネットはアルフレッドの視線に気づき、口もとの笑みを扇で隠すと「なんのことだか」と言わんばかりに目を逸らす。その白々《しらじら》しい態度が答えを物語っていた。

初めはアルフレッドが庶民の娘に入れ込むことを喜んでいたジネットだが、あまりに彼がユランの身分を証明しようと躍起《やっき》になっているのを見て考えが変わった。

もしかしたらあの娘は本当にどこかの王族なのかもしれない。大国ではないだろうが資源の豊富な島国の王女だとしたら、彼女の素質を見抜き結婚したアルフレッドの貢献は大きく、王宮での影響力が拡大してしまう。それはジネットにとってとても面白くない。

ならば謎の娘にはここらで退場してもらって、アルフレッドとセザールの関係に亀《き》裂《れつ》を入れたほうがよいと考えたのだ。

そして案の定、揉めに揉めているセザールとアルフレッドを見て、ジネットはほくそ笑んでいる。いっそのこと、さっき掴みかかったときに王を殴り飛ばし継承権を剥《はく》奪《だっ》されればよかったのにと、残念に思った。

「……ユランを連れ戻します。そして約束通り彼女の身分を証明してみせますから、その目で真実を確かめてください」

アルフレッドはそう言うと踵を返し、謁見室から出ていった。「待て、アルフレッド！」と止める王の声は届かない。

険悪な雰囲気に染まった謁見室で、ジネットだけが扇の下で楽しそうに口もとを歪《ゆが》めていた。


アルフレッドは疲弊していた。

ガラタニアでの会議では大陸中に捜査の網を張り、ドワイランド国王とカトリーヌが捕まった際の処分をどうするか話し合ってきたが、肝心のふたりは未だ捕まっていない状況だ。

逆恨みしたドワイランド国王が挙兵《きょへい》し連合国に奇襲をかけてくる可能性も考えると、気の休まる暇がない。そのうえユランの問題も解決しておらず焦燥していたところに、ジネットに出し抜かれたのである。試練の連続に、アルフレッドはすっかり笑顔を失ってしまっていた。

「で、ですからわたしはただ……国王陛下の勅命でユランを馬車に乗せるようにと仰せつかっただけで、それ以上のことは……」

厩舎長がユランを馬車に乗せていたのを見たという厩務員の目撃情報を聞き、アルフレッドはすぐさま厩舎長に詰め寄った。彼は王宮の派閥には所属していないが、さすがに王からの命令に従わぬわけにはいかなかったのだろう。しかしどんなに詰め寄っても「馬車に乗せただけであとは知りません」と繰り返すだけで、本当にユランがどこへ運ばれたかは知らないようだった。

「くそ……っ！」

馬車の御者も王宮では見たことのない顔で、どこの誰だか知らないという。間に何人もの人物を挟んで相手の目を眩ませるのは、カトリーヌも取っていた手段だ。まんまと撹乱《かくらん》に遭いユランの行方が掴めず、アルフレッドは苛立ちを募らせる。

……そのとき。

「アルフレッド様！　ユラン様がどっか行っちゃったよ！　もうずっと厩舎に来ないよ！」

「アルフレッド様、ユラン様を捜してよ！　僕らもお手伝いするから！」

半月ぶりにアルフレッドの姿を見つけた飛竜たちが、厩舎の中からギャアギャアと声をかける。残念ながらその鳴き声の意味はアルフレッドには通じないが。しかし。

「……お前たち、何か知っているのか？」

アルフレッドは藁《わら》にも縋る思いで飛竜たちに近づいていった。

人に竜の言葉はわからない。けれどアルフレッドは子供の頃から長い時間を彼らと過ごした。そこには種族を超えた友情が生まれ、ときには心通わせることもある。

一生懸命首を伸ばし何かを訴えるようにギャアギャアと鳴く飛竜を見て、アルフレッドは心を決めるとひと際体格のいい一頭を竜房から出した。

「ユランを捜してくれ。頼む。お前たちだけが頼りなんだ」

竜は人間よりもずっと感覚が鋭い。ときには犬に代わり彼らの嗅覚《きゅうかく》を頼りに探し物をするほどに。そして老若男女どの竜であっても、偉大なるヴィリーキイ一族の匂いと気配を追うことは易かった。

「任せて！　すぐに追いつくよ！」

選ばれた飛竜ゴードンは、アルフレッドに鞍《くら》を着けられながら得意そうに鳴く。

「アルフレッド様もゴードンも頑張れ！」

「必ずユラン様を連れ帰ってね！」

仲間の飛竜たちの声援を受けて、ひとりと一頭は王宮を発つ。

「ユランの匂いだ、わかるか？」

ゴードンは地面の匂いを慎重に嗅《か》ぎながら走り続け、ときには翼を広げ山や崖を超え、ものすごい速さでユランの痕跡を追っていった。


竜は低級竜であっても、馬や牛といった動物の家畜より優れている。知能が高いのはもちろん、腕力も体力も遥かに高い。もっとも、そのぶん餌もよく食べるし敬意を持って接しなければなかなか懐かないなど扱いも難しいが。

そんな低級竜の中でもトリンギア王国の飛竜は殊更優秀であった。強い体を作るために研究開発されたおいしい飼料、厩務員と騎兵に徹底教育される竜への接し方、よき軍竜になるための質の高い訓練等々……。もとより扱う軍竜の数が多い国ではあったが、アルフレッドが軍の責任者になってからは育成により力を入れ、今や世界一の竜国家ともいわれている。

そんな優秀な竜揃いの中でも、ゴードンはトップクラスの名竜だった。

アルフレッドと共に駆けた戦場は数えきれず、主を背に乗せるだけでなく自らの爪で数多《あまた》の敵を倒した。ひと際体が大きいのに身軽で、翼を使った飛距離は飛竜の平均の二倍近い。飛竜はもともと高さを要する長時間の飛翔には向いていないが、ゴードンは村を三つ超えるくらいの滞空能力を備えていた。

ユランが馬車で五日かけた距離を、ゴードンは三日で追いついた。馬車と違い交代要員がいないので夜は休息する必要があったが、それにも関わらず、驚異的なスピードだ。

「ユラン様の気配が近くなってきた！　もうすぐ！　もうすぐな気がする！」

延々と続く森の道を駆け抜けながら、ゴードンはさらにスピードを上げる。アルフレッドはただ自分の飛竜を信じ、ひたすらに手綱を握っていた。

馬より激しい動きをする飛竜に長時間騎乗し続けるのも、並大抵のことではない。手綱を握り続ける腕はもちろん、竜の背でバランスを取る下半身の負担も大きい。竜騎兵でも普通ならば、一日に十二時間以上も猛スピードで駆ける飛竜に乗り続けるのは不可能だ。

ただ、アルフレッドもゴードンも普通ではなかった。群を抜いた豪脚を持つ飛竜と、それを乗りこなす大陸一の竜騎将である。何よりひとりと一頭は大切な人のために無我夢中だった。

「ここ！　この先にいる！」

森を駆け抜け視界が開けると、一面に夕暮れの海岸が見えた。道の先には小さな町らしきものがあり、港に船が一隻泊まっている。

「……あの町か！」

アルフレッドは強く前方を見据えた。ここは大陸の西の端、いわば行き止まりだ。

ゴードンの導きが間違っていなければ、ユランがいるのはこの町しかない。しかし。

（……港町……まさか船に乗って……？）

嫌な予感が頭によぎった。もしやジネットはユランを島流しにするよう命じたのだろうか。すでに数日が過ぎている、ユランは船でどこかの小島へ連れていかれたあとかもしれない。

（くっ、ここまで来たのに！　いや、構うものか。海を越えてでも必ず見つけてやる！）

手綱を強く握りしめ、アルフレッドとゴードンは港町の入り口に構えられている木製の門を潜る。

「わぁっ！　なんだなんだ!?」

「竜だ！　軍竜と竜騎兵だ！」

小さな港町はたちまち驚きの声に包まれた。王都からも遠く寂れたこの町では竜、特に軍竜は珍しいのだろう。男も女も子供まで、建物から出てきて遠巻きにアルフレッドとゴードンを見ていた。

アルフレッドは手綱を引きゴードンを止めると、ヒラリと背から飛び降りた。そして「よく走ってくれたな、ありがとう」と首筋を撫で、住民に聞いた水場で水を飲ませてやる。それからゴードンを引いて歩きながら、片っ端から住民に声をかけて回った。

「ここにピンク色の髪の娘が来なかったか？　数日前だと思う。もし知っているなら、どこ行きの船に乗ったか教えてくれ、礼はする」

焦燥に駆られながら尋ねるが、住民はよほど驚いているのか「お、お助けを！」「何も知りません、何も……」と震えて逃げるばかりだ。なんとも陰鬱な雰囲気が漂うこの町は港町だというのに閉塞的《へいそく》で、飛竜にも軍服の男にも馴染《なじ》みがなく恐れているらしい。彼らの目にアルフレッドは、乱暴な略奪者にでも見えているようだった。

（港町とはいっても、罪人を島へ運ぶだけの湾口か。……こんなところにユランは……）

何も知らない彼女がこの薄暗い町へ捨て置かれたのかと思うと、悔しくて胸が苦しくなる。さぞかし戸惑っただろうし、誰も親切にしてくれなかっただろう。寒さに震え、腹を空かし、不安で泣いたかもしれない。そしてわけもわからぬまま小さな船に乗せられ、たったひとりで絶海《ぜっかい》の孤島へ連れていかれたのだ。

「……ユラン……すまない……」

ユランから離れるべきではなかったと悔恨《かいこん》の念が湧く。今頃どうしているのかと考えると胸が潰れそうなほど心配で、唇を噛みしめたときだった。

「あーっ！　アルフレッド様ぁ!!」

「え？」

暗い港町に似つかわしくない明るい大きな声が響き渡り、アルフレッドはキョトンとしながら顔を上げた。そして前方から一目散に駆けてくる、太陽のように溌溂とした少女の姿を捉え目を瞠った。

「ユ……ユラン⁉」

「アルフレッド様ぁ！　迎えにきてくださったのね！」

驚きで固まっているアルフレッドに向かって、ユランは両手を広げて飛びついてきた。咄嗟にそれを抱き留め、フワフワの髪や華奢な体の感触に、夢でも幻でもないと実感を覚える。

「ユラン……ユランなのか？」

「はい！　ユランですよ！　それよりごめんなさい、アルフレッド様。私が島へ行くのが遅いから迎えにきてくださったのですよね？　船が座礁《ざしょう》してしまって、港へ戻ってみんなで修理していたところなんです」

「え？」

突然ユランが不思議なことを言いだして、再会に感激していたアルフレッドの高揚《こうよう》がいったん収まった。

よく見ると彼女は誰かに借りたのか、粗末なシャツと厚手の綿生地の脚衣を着ている。男性労働者の恰好だ。さらにはユランのあとから「なんだなんだ？」とついてきた男たちは、手に工具やら木の板やらを持ったままだった。

「……？　船に乗せられて島流しになったんじゃないのか？」

「島流し？　私はアルフレッド様が招待してくれた島へ行こうとしたけど、すぐに船が座礁して町へ戻ってきたんです。この町の船は小さくて脆いから、流氷にぶつかっただけで沈んじゃうんですって。仕方ないから泳いで船を押して町まで運んで、今、みんなで直しているところですよ」

アルフレッドは目が点になった。ユランが島流しされる前に再会できたのはいいが、まさかそんな顛末があったなんて。しかも彼女は流氷漂う海の中を、船を押して泳いだというのだ。

桁《けた》外れの腕力と体力の持ち主だとはわかっていたが、ここまで想定外だとは思わなかった。すると。

「ユラン、その軍人さんは知り合いかい？」

「俺たちゃお国に捕まるようなことはしてねえって、軍人さんに伝えてくれよ」

おっかなびっくりといった様子で、遠巻きに見ていた住民たちがユランに声をかけてきた。

「みんな、大丈夫よ！　このお方はアルフレッド第二王子殿下。この世界で一番お優しくて慈悲深くて勇ましくて強くて逞しくて恰好よくて誰よりも最高に素敵な、私が大大大好きなお方なんだから！」

王子と聞いて住民たちは驚愕しその場にひれ伏したが、やがてちらほら顔を上げると「ユランの言ってたことは本当だったんだな……『アルフレッド王子に会いにいく』って」と、感心と納得を織《お》り交《ま》ぜた表情でふたりを見つめた。

「アルフレッド様。彼らはこの町に住む者で、とても親切なんです。私と一緒に船を直してくれただけでなく、ご飯や寝床まで分け与えてくれたの」

ユランがそう説明すると、髭を生やした初老男性や恰幅《かっぷく》のいい中年女性が照れくさそうに肩を竦めた。

「何言ってんだ、礼を言うのはこっちのほうさ。あんたは座礁した船が沈む前にここまで運んでくれた、おかげで船員は誰ひとり死なずに済んだんだからな」

「そうよお、うちの亭主を助けてくれた恩は一生忘れないわ。貧しい町だけど飯も寝床もいくらでも好きにしとくれ」

「船の修理まで人一倍……いや、十倍は働いてくれてるもんなあ。頼もしいったらありゃしねえよ。ずっとここにいてほしいくらいだ」

口々に称えられ、ユランは頬を染めてはにかむ。

「ね、みんないい人でしょう？」

そう言って微笑んだユランを見て、アルフレッドは刹那泣きそうな笑顔を浮かべると彼女を強く抱きしめた。

「ははっ、はははは。全く、お前というやつは……。……ああ。俺はお前を好きになって本当によかった」

寒さに震えているかも、淋しくて不安で泣いているかも。そんな心配は杞憂《きゆう》だった。ユランはアルフレッドの知る女性の既存の型にはまらない。想像を超えてもっと逞しく、明るく、力強く、そして魅力に溢れている。

だから唯一無二なのだとアルフレッドは思った。世界中探しても他にこんな女性は絶対にいない。ユランしかいない。だからアルフレッドは——ユランを、この恋をあきらめられない。

「ア、アルフレッド様……？　い、今……な、な、なんて？」

初めて彼の口から『好き』という言葉が出て、ユランは耳を疑った。しかし竜の鋭敏な聴覚で聞き間違うはずがない。

恋をした日から苦節《くせつ》二年と数ヶ月。初めて告げられた彼の想いに、ユランの心臓が感激とときめきで、かつてない速さで高鳴りだした。

「ユラン。愛してる。お前を愛している。もう二度と離さない」

アルフレッドの想いが、止まらないほどに溢れ出す。恋をしていることは自覚していたが、改めて自分にとってユランがどれほど特別で大切か思い知った。もう立場を弁《わきま》えて耐えることなどできない、全身全霊でユランを愛することしかできない。

「アル、フ……わわわわわわ……」

固く抱きしめられながら耳もとで愛を告げられ、ユランの顔と頭がどんどん熱くなる。もう耳まで真っ赤だ。火山の中で生活していたときよりも、アルフレッドの腕の中のほうがずっとずっと熱くて体が溶けてしまいそうだ。

「わ、わ、わ、私も……私も愛していますッ、うわーん！」

感極《かんきわ》まったユランはついに泣きだしてしまった。ギュッとアルフレッドの背を掴みながら、幼子のようにボロボロと涙を流す。その涙は宝石の雫のようにキラキラと綺麗だった。

「どうした、何故そんなに泣くんだ？」

「だって、だって嬉しくて！　アルフレッド様が私を好きになってくださったことが嬉しすぎて！　勝手に涙が出てきちゃうんです！」

顔を真っ赤にして泣き続けるユランを抱きしめながら片手で頭を撫で、アルフレッドは目を細めた。頬を染めた柔らかな笑みは、誰から見ても幸福そのものだった。

「よかったですね、ユラン様！」

幸せそうに抱き合うふたりを見て、ゴードンもギャッギャッと喜びの鳴き声を上げる。

「よかったなあ、お嬢ちゃん！」

「おめでとうございます、王子様！」

町の住人たちも、いつの間にかふたりの周囲に集まって温かい拍手を送ってくれた。辺境にある流刑を任された寂れた港町。そんな陰鬱な町さえも、今はユランの恋が叶ったことを祝い幸福に包まれている。

ささやかだが温かい祝福を浴びながら、アルフレッドもユランも今日が人生で一番幸せな日だとつくづく思った。

町の住人は恩人ユランの想い人であるアルフレッドにも、とても親切にしてくれた。温かい食事を振る舞ってくれただけでなく、無償でいいからと町で一番立派な宿の部屋まで用意してくれたのだ。しかもいつもは船員の家に泊めてもらっていたユランも、今日は宿に招待してもらった。

心尽くしのもてなしに感謝したアルフレッドだったが……町の住人たちは少々気を利かせすぎたようだ。

「……これは……」

「あら？　同じお部屋ってことかしら？」

宿の主人は三階がアルフレッドとユランの部屋だと言った。てっきり三階にふたつ部屋があるものだと思っていたアルフレッドは、階段を上った先に客室のドアがひとつしかないのを見て、思わず唾を呑んでしまった。

三階の部屋はどうやら特別な客室らしく、広いだけでなく専用の浴室まである。そして部屋には食事用のテーブルやソファのセットまであるというのに、ベッドはひとつしかなかった。もちろん普通のサイズより二倍ほど大きいが。

「まあ、広いお部屋。あっ、アルフレッド様、浴室もありますよ！　湯を張っておいてくれてあるわ。なんて親切なのかしら」

ユランは物珍しそうにパタパタと小走りで部屋を見て回っている。なんともいえない顔をして頬を染め立ち尽くしているのは、アルフレッドだけだ。

やがてユランはベッドがひとつしかないことに気づき、ジッとそれを見てから小首を傾げた。

「寝床がひとつしかないわ？　宿のご主人さんが間違えてしまったのかしら。私聞いてきますね」

そう言って部屋を出ていこうとしたユランの手を、アルフレッドが咄嗟に掴む。

「いや……間違いではない」

「でも、ひとつしか」

「ふたりで共に寝るということだ」

こんなわかりきったことをわざわざ口に出して説明するのは、なんとも恥ずかしいものがある。アルフレッドはますます顔を赤く染めながら、気まずそうにユランの手を放した。

「ふたりで……？　アルフレッド様、私と一緒に寝てくださるの⁉」

しかしユランは別の意味で頬を染めた。それは喜びと感激の興奮である。

聖竜は生殖行為の必要がない。竜を含めた動物の多くが生殖行為で子を作ることは知っていても、それは概念的な知識だ。ましてや人間の夫婦や恋人がひとつのベッドで裸になり愛し合うことなど、当然ユランが知る由《よし》もなかった。

けれど竜にとって寝床に入れてもらえるというのは、最大の信頼の証だ。竜の寝床はいわば縄張りでプライベート空間である。自分の匂いをしっかりと付け、宝物も隠しておいたりする。そのうえ睡眠中は最も無防備になるのだから、親姉妹でさえ勝手に立ち入ってはならない。

つまりそんな重要な場所に入ることを許されるのは、至上の信頼があるに等しかった。

ベッドを共にする相手に信頼が必要なのは人間も同じだが、根本の意味が違う。しかしその違いに気づかぬまま、ユランはアルフレッドの両手を握って瞳を輝かせた。

「ありがとうございます。私もアルフレッド様なら寝床を共にしても構いません。だってアルフレッド様のこと、この世界で誰より信頼していますもの」

恋する相手のこんな言葉を聞いて、誤解しない男性がいるだろうか。アルフレッドは再びゴクリと唾を呑んだ。無邪気で幼ささえ感じるユランの姿が、今夜はやけに蠱惑的に目に映る。

今まで女性や結婚に興味がなかったとはいえ、アルフレッドとて健康な男性だ。肉体的な欲求もあるし、ユランとそうなりたいと望んだこともある。

しかし立場上迂闊に手を出すわけにはいかないと己を戒めてきたし、何よりあまりに天真爛漫なユランを見ていると、そんな欲求を抱くことが酷く汚らわしい罪に思えてきてしまうのだ。初対面のときに見た裸でさえあまりに無垢で、思い出すことをためらってしまうほどに。

どちらにしろそんなことを具体的に考えるのは、ユランとずっと共にいられる確約を得てからだと思っていた。それが突然こんな機会に見舞われ、こちらの方面にやや疎《うと》いアルフレッドとしては、動揺と高まる欲望と愛おしさで、少々冷静さを欠くのも無理はなかった。

「ユラン……本当にいいのか。俺たちはまだ――」

「私の覚悟はとっくに決まっています。私はアルフレッド様にならどんな姿だってお見せできるし、大切な場所を好きにされたって構いませんもの」

急所丸出しの寝姿を晒すことも、匂いをつけ宝物を隠したベッドを漁《あさ》られるとしても、厭わないとユランは思っていた。そして互いの言葉がすれ違ったまま、アルフレッドは耳まで赤くして少々たじろぐ。

「そっ……そんな大胆なことを口にするな……！　俺だって男だ、あまり煽られればどうなるかわからない」

「だって本当ですもの。アルフレッド様はどうなんですか？　私と同じ気持ちですか？」

「それは……もちろんだ。俺もお前になら……いや、お前の前でだけは、本当の顔を見せられる」

「嬉しい！」

彼が自分と同じ気持ちだとわかって、ユランは満面の笑みを浮かべてギュッと抱きつく。

アルフレッドは少しぎこちない動きで抱きしめ返し、一度静かに深呼吸してから片手をユランの頬に添えて顔を上向かせた。

「アルフレッド様？」

抱き合っている体から伝わる鼓動がやけに大きくて、何故だかユランまでドキドキしてくる。見つめてくる青い瞳はやけに熱を帯びていて、今までに感じたことのない危険な魅力を漂わせていた。

アルフレッドの顔がだんだんと近づいてくる。胸を高鳴らせながらされるがままになっていたユランは、突然あることを思い出した。

（これって……ケッコンのときにするアレじゃないかしら！）

そして頬を薔薇色に染めると首を伸ばし、近づいてくるアルフレッドの顔に――鼻に、自分の鼻をチョンとくっつけた。

「……ん？」

「うふふっ、えへへっ」

ユランは肩を竦めてはにかむ。キョトンとして動きを止めたアルフレッドの腕の中から抜け出すと、「そんなことをしなくても、私はもうアルフレッド様のものです」と恥ずかしそうに自分の頬を押さえながら言った。

「ん？」

まだキスもしていないのに自分のものになってしまったユランを見て、アルフレッドは小首を傾げざるを得ない。胸に小さく湧いた違和感はどうにも無視することができず、アルフレッドは鼻の先を掻きながら問う。

「……俺たちはもしかしたら何か誤解し合っているかもしれない。育った文化が違うからな。一応確認するが……口づけという文化はユランの故郷にはあるのか？」

「くちづけ？」

不思議そうに目をしばたたかせたユランを見て、アルフレッドの体に籠もっていた力と熱が抜けた。そして互いの認識が食い違ったままコトが進んでしまわなくて、本当によかったと安堵した。

アルフレッドはひとつ咳払いするとソファに座り、「ユラン。話をしよう」と向かいの席に座らせた。

さっきまで甘く情熱的な雰囲気を醸していたのに突然冷静になった彼に、ユランはさらに不思議そうに目を丸くしている。

「くちづけ、とはなんですか？　もしかしてさっきの求愛行動をくちづけというのですか？」

身を乗り出して尋ねるユランに、アルフレッドは（求愛行動だと思っていたのか）と内心苦笑した。

「求愛行動とは違う。愛する者に対してするという点は同じだが……どちらかというと愛し合う者同士がもっと愛し合うためにする行為だ。そもそも鼻をくっつけることじゃない、名前の通り唇を重ねるのが〝口づけ〟だ」

「唇を？」

カルチャーギャップにユランは衝撃を受ける。ケッコンで見た鼻をくっつける行為は求愛行動ではなく、愛し合う者同士が唇をくっつけていたのだ。それだけでも驚きなのに、何故唇をくっつけ合うかユランにはわからない。親鳥から餌をもらう雛鳥《ひなどり》みたいで変だと思う。

「どうして唇を重ねるのですか？」

あまりにストレートに聞いたユランに、アルフレッドは答えに窮《きゅう》した。そんなことを言われても、人は古来よりそうしてきたとしか言いようがない。なんと答えたものかしばし考えあぐね、顔を上げると腕を伸ばしユランの手を握った。

「ユラン。こうして手を握り合うのは好きか？」

「はい、もちろんです」

「俺と抱き合うのは？」

「それも大好きです。アルフレッド様の腕の中に閉じ込められると、胸がドキドキして夢みたいな幸せに包まれるから」

「口づけはきっと……それの延長線上にある。好きな相手にふれたいと思う気持ちの、行きつく先だ」

「!!」

またしてもユランは衝撃を受けた。手を繋いだり抱き合ったりするだけでもあんなに満たされて、ときめきが止まらないのに、さらにその先があるなんて思いもしなかった。しかもそれが唇を重ねる行為だなんて。

「く……口づけ！　してみたいです！」

これはもうやるしかないと思い、ユランは勢いよくソファから立ち上がった。しかしアルフレッドは「もう少し話をしよう」と彼女を宥めて座らせた。

「そもそも……俺とユランとでは、ベッドを共にするという意味が違うのではないだろうか」

キスひとつでこれほど認識の違いがあるのだ。おそらく……いや、間違いなく、その先の行為の認識にはもっと大きな違いがあるに違いない。

「まずお前から教えてくれ。お前の故郷では愛し合う男女がひとつのベッドで寝ることは、どんな意味を持つ？」

まずアルフレッドが尋ねると、ユランは「ええと……」と竜であることがバレないように言葉を選びつつ答えた。

「私の故郷では、人の寝床には家族だって無断で入ってはいけないと教わりました。

なわば……とても個人的な空間だし、それに寝ている間は隙だらけだから。だから同じ寝床で共に寝るなんて、話には聞いたことがあっても百八十……十八年生きてきて初めての体験です」

「……お父上とお母上の寝室は別だったのか」

「もちろん」

アルフレッドは二度目の安堵に、ホッと密かに息を吐いた。思った通り、共寝の意味がまるっきり違う。

もしこのことに気づかないままコトに及んでいたら、さすがのユランも驚いただろうし、傷つけ泣かせてしまったかもしれない。大切な初めての夜がそんな悲惨なことにならなくてよかったと、アルフレッドは心底思った。

（それにしても……）

ユランの言葉を反芻して、アルフレッドはつくづく感嘆する。

（共に寝てはいけない理由が『寝ている間は隙だらけだから』というのは、驚きだな。確かに睡眠中は不審者に警戒しなければならないが……。やはりユランは戦闘に特化した娘として育てられたらしい。腕力を鍛え、勇ましい心を育て、寝ているときでさえ油断するなと教えられてきたのだろう。もしや戦闘民族なのだろうか？）

知れば知るほどユランの故郷と生い立ちが不思議で、アルフレッドは考え込んでしまう。するとユランが顔を覗き込みながら「今度はトリンギア王国でのことを教えてください」と聞いてきた。

「あ、ああ。そうだな」

アルフレッドは姿勢を正し、ひとつ咳払いをする。何から説明すべきか考え、湧き上がる羞恥心を必死に抑えながら口を開いた。

「先にひとつ質問したいのだが……子供がどうやってできるかは知っているか？」

「動物は雄と雌で番うのでしょう？」

「その詳細だ。……まさか番うだけで子供ができるとは思っていないよな」

「えっ⁉ えっと……あ、番はよくくっついているわ。あと発情期！ そうそう思い出した、発情期を迎えた雄と雌が求愛行動をして番になって、なんかこう……マウンティングを取って……生殖器？ があるんでしたっけ？」

ユランの答えを聞いてアルフレッドは頭を抱えた。まさか十八にもなってここまで性の知識が曖昧《あいまい》だとは。しかしコウノトリやキャベツ畑と言いださないだけマシだと思い直す。哺乳類《ほにゅうるい》の生殖を知っているだけ話が早い、かもしれない。

「そうだ。発情中に生殖器を使って生殖行為をして子種を受精させる。で、ここからが本題だが……人間の男女の生殖行為がどのようなものかは知っているか？」

その質問にユランは眉尻を下げてしまった。これ以上の子作りの知識はない。そもそも寝床を共にする話だったのに、何故生殖の話題になるのか理解できなかった。

そんな「さっぱりわかりません」と顔に書いてあるユランを見て、アルフレッドは覚悟を決めると「……まず男と女の体の違いから話そう」と語り始めた。何故王子である自分が性の授業をせねばならないのかという羞恥は、心の奥底に押さえ込んでおく。

アルフレッドは語った。親切丁寧にわかりやすい言葉で。生殖器の名称をわざわざ口に出す恥ずかしさに耐え、驚きに目を瞠ったユランの視線が下腹部に注がれる羞恥にも耐え、根気よく愛と性の教授を進めた。

そうして一時間後。ようやくユランが知識を得たときには甘い雰囲気などこれっぽっちも残っておらず、浴場の湯は冷め、宿屋の親切なお膳立《ぜんだ》ては残念ながら無意味に終わろうとしていた。

「……人間って……人間って……」

全てを知ったユランはまるで星の誕生でも目の当たりにしたように呆然としている。無理もない、自分の体にそんな箇所があることも、愛するアルフレッドの体にそんなものがあることも、知らなかったのだから。

「いっぺんに色々なことを知って疲れただろう。今夜はもう休むといい」

茫然自失のユランを気遣い、アルフレッドは就寝を促す。もとより今夜は彼女と体を結ぶつもりはなかった。このまま何事もなく寝るのが正しいと、落胆《らくたん》しそうになる自分を密かに叱咤《しった》して。

「俺はソファで寝るから、ユランはベッドを使うといい」

そう言ってアルフレッドは立ち上がり、ブランケットをもう一枚もらうため宿の主人のもとへ向かった。

ベッドにはふたりが十分くるまれる程大きなブランケットを用意したはずなのに、わざわざもう一枚もらいにきたアルフレッドに店主は一瞬目を丸くしたが、すぐに何かを察し何も聞かずに倉庫からブランケットを出してくれた。それは親切心のはずなのに、アルフレッドはちょっぴり傷つく。

部屋に戻ると、ユランは服を脱ぎシュミーズとドロワーズ姿になってベッドに腰かけていた。普段の就寝スタイルなのだろうが、今夜のアルフレッドの目には少し痛い。

「おやすみ。よい夢を」

自制心を保つためなるべくユランのほうを見ないようにしてソファに座り、ブーツを脱いでいたときだった。

「あの、アルフレッド様。あの……っ」

ためらいがちながらもユランがアルフレッドのもとまでやって来て、両肩を掴んでくるではないか。驚いて顔を上げた彼の瞳には、頬を染めながらも鬼気《きき》迫るユランの顔が映る。

「性交渉をしてもよろしいでしょうか……？」

まさかの申し出に、アルフレッドは耳を疑う。それから彼女の目が爛々《らんらん》と輝いていることに気づき聞き違いではないと確信し、収まりかけていた欲とときめきが跳ね上がった。

「いや、今夜は」とアルフレッドが口を開く前に、切羽詰まった様子でユランが喋りだす。

「私は今まで人間の愛の行為というものを知りませんでした。でも、知ったからにはアルフレッド様とその行為に及んでみたいです。だってあなたのことがこんなに好きなんですもの。それに私、あなたとの卵……じゃなかった、子供を生みたいです」

混乱が収まれば自分の気持ちに素直なユランはアルフレッドと愛を深めたがる。それは極々当然の結果、自明《じめい》の理《り》であった。

教授することに一生懸命でそこまで予測できなかったアルフレッドは面食らったが、ユランの手を離させて立ち上がると、そのまま抱きしめた。

「ああ、そうだな。俺もお前を抱きたい。……だがそれは今夜じゃない。俺たちが永遠に共にいられるようになってからだ」

何より大切だからこそ、こんな未来の見えない状況でユランを抱くわけにはいかない。それはアルフレッドの最大の誠意で、まごうことなき愛だ。

人間社会のルールや貞操《ていそう》観念と愛が複雑に絡み合っていることがまだわからないユランは、「そうですか……」と返事したものの眉尻を下げてシュンとする。

そんな素直なユランにアルフレッドは目を細めると、彼女の柔らかい頬を両手で包んでそっと唇を重ねた。

「今夜はここまでだ。愛してる、ユラン」

唇を軽く重ね合わせるだけのキスだったが、ユランは呆然としたあと自分の中で幸せの大波が溢れんばかりに全身を満たすのを感じた。心臓が心地よく高鳴り、目に映る世界が煌めくベールに覆われて見える。教わったばかりの口づけの意味を、喜びを、全身全霊で知ってしまった。

「ア……アルフレッド様……っ！　大好き!!」

ユランは腕を伸ばし彼の首に抱きつくと、背伸びをして今度は自分から唇を重ねた。

アルフレッドはそれを受けとめ、一度軽く唇を離すと、角度を変えて深く重ね直す。

「ん、ん……っ」

ただ口をくっつけ合っているだけなのに、幸福に満たされもっともっとアルフレッドのことが好きになっていく。それは少し怖いほどに。

ユランはギュウギュウと彼を抱きしめながら、死ぬまでこうしていたいと思った。けれど唇を重ね、ねぶられているうちに胸の高鳴りが限界を迎えて苦しくなり、少しだけ顔を離した。

夢中で口づけていたせいで息が弾む。すると目の前のアルフレッドも息を乱し、情熱を宿した眼差しでユランを見ていた。

アルフレッドは再び顔を近づけてきたがすんでのところで止まり、淡く微笑むとそのまま抱きしめていた腕を放した。

「ここまでにしよう。さあ、もう遅い。今夜は寝たほうがいい」

「え……」

幸せの絶頂にいたユランは当然名残惜しい。もっともっと、夜が明けるまでキスを続けたいのにと思ってしまう。

「も、もう一回だけ。駄目、ですか……？」

アルフレッドの顔を見上げておねだりをすると、彼は何かに耐えるようにキュッと口もとを引き締めて一歩あとずさった。そして気を取り直すように小さく咳払いをして、ユランの額に素早くチュッとキスを落とした。

「今夜はこれでおしまいだ。おやすみ、俺の可愛いユラン」

　口調も笑顔も優しいが、アルフレッドはそそくさとソファに腰を下ろしてしまった。本当はもっと駄々を捏《こ》ねたいが、さすがにそれはみっともないと自制してユランは「おやすみなさい、また明日」と挨拶をしてベッドへ向かう。

　それでもアルフレッドと同じ部屋で眠れると思うと嬉しくて、ユランはご機嫌でベッドに潜った。ソファの背もたれで姿が見えないが、眠りに落ちるまで彼のほうをジッと眺める。眠ってしまうのが惜しいと思うほど幸せだった。

　……男女のことを学んだばかりのユランは知らない。ソファの上で固まったように動かないアルフレッドが、どれほど鉄の意志で自分の欲望を抑え込んでいるかを。愛する女性と熱い口づけを交わし同室で寝るというある種の拷問のような時間を、アルフレッドが愛ゆえに耐えていることは、この世界の誰も知らないのだ。

六章　乙女は愛のために

翌朝。

あまり眠れなかったアルフレッドは日の出前に起き、これからどうすべきかを考えた。

無事にユランと再会できたのはいいが、問題は解決していない。むしろ現状はさらに厳しくなったと言わざるを得ないだろう。

（このままトリンギアへ戻ったとて、ユランは王宮に置いておけないだろう。彼女の身分を証明するまで、どこかへ隠しておかなければ）

アルフレッドは悩む。これからどうすることが、ユランにとって最も幸せなのかと。

そして彼女と共に人生を歩むために、自分はいったいどうするべきなのかと。

窓際に立ち、海の向こうから昇ってくる朝日を眺めながら思案に耽っていたときだった。「う～ん」という可愛い声と共にユランが身じろぎ、モゾモゾと体を起こす。

「おはようございます、アルフレッド様ぁ」

寝起きだからか、いつもより間延びした口調の挨拶をアルフレッドは新鮮に感じた。

眠そうな目を擦るユランの頭はフワフワの髪が自由に暴れ回っていて、決して端正とはいえないはずの姿なのに、どうしてかたまらない愛らしさを覚えた。

「おはよう。よく眠れたか」

ベッド脇へ行くとユランはピョコンと身軽にベッドを下り、早速アルフレッドに抱きついた。

「うふふ。アルフレッド様がいる。朝一番に会えるなんて夢みたい」

起きて早々に甘えてくる彼女が可愛くて、アルフレッドは抱きしめ返さずにはいられない。

「俺も夢みたいだ」

寝癖だらけの髪をフワフワ撫でながらつむじにキスをして、腕の中にユランがいる幸せを噛みしめた。

ふたりで朝食を摂ったあとは、王宮への帰り支度を済ませた。

ユランはこの数日間世話になった人たちへ礼に回り、最後に船の修繕《しゅうぜん》をちょこっとだけ手伝ってきた。

最後まで修理を手伝えないことをユランは申し訳なく思ったが、本来は彼女の仕事でもなんでもない。ただ島に一刻も早く渡りたかったから、結果的にそうなっていただけである。もっとも、本当は島に渡る必要すらなかったのだが。

「気にすんな、嬢ちゃんにはもう十分世話になった。むしろこっちのほうが礼をし足りないくらいだ」

「王子様と仲よくね。あんたの幸せを祈ってるよ」

僅か一週間ほどの滞在だったが、町の住人たちはすっかりユランを慕うようになっていた。船員たちの恩人で、船の修復も進んで手伝ってくれたのだから感謝の念を持つのは当然だが、それ以上に彼女の人柄からくる魅力も大きいのだろう。中には涙ぐんで別れを惜しむ者さえいた。

そしてユランに魅入られたのは町の者だけでなく、意外な人物までも態度が激変していた。

「ほら、これを持っていくといい。数日分の食料と毛布だ。アルフレッド様がご一緒なら大丈夫だろうが、冬場は凍結して通れない道も多い。回り道をして方角を見失わないように、気をつけて」

「ありがとう、ウーゴ。あなたも元気でね」

町を発つユランのために食料と寝具を用意してくれたのは、馬車についてきたあの兵士だ。本来はユランが途中で逃げださないように、船に乗るまでの見張り役だったらしい。

しかし出港してすぐに船が座礁して戻ってきてしまったせいで帰るに帰れず、なんだかんだと人助けをしているユランを見ているうちに絆されてしまったようだ。

ウーゴがユランに対してどんな感情を持っていたかはわからない。娘や妹のように感じていたのかもしれない。ただ、アルフレッドがユランを迎えにきて固い抱擁《ほうよう》を交わしているのを見たとき、ウーゴの中には安堵と僅かな落胆が入り混じっていたのだった。

「それじゃあ皆さん、お世話になりました！　お元気で！」

ユランはアルフレッドと共にゴードンの背に乗って手を振る。大きな体躯のゴードンならば、当然ふたり乗りもへっちゃらだ。

「行くぞ、しっかり掴まれ」

アルフレッドが軽くゴードンの腹を蹴ると、それを合図にゴードンが走りだした。見送ってくれた町の人たちがどんどん遠ざかっていく。

ユランはアルフレッドの腰にギュッと腕を回し、幸せな心地のまま旅立った。

ユランを捜しにいくときは猛スピードでゴードンを走らせたアルフレッドだが、帰りはふたり乗りということも考慮して、無理のないペースで進んだ。夜はゴードンを休ませねばならないことを考えると、王都まで六日はかかるだろう。

現状に決着をつけねばという焦燥もあるが、ユランとのふたり旅はアルフレッドにとってこの上なく楽しい時間でもあった。

もちろん、それはユランも同じである。

ときには遠回りをして美しい景色を眺め、ときにはゴードンから降りて並んで歩いた。小さな酪農村を見つけ一泊の宿を借り、礼に牛の乳搾りを手伝うという体験もした。野営の日もあったが、ユランは張りきって薪を集め火を焚きながら寄り添って夜を明かした。

王都への帰路というよりは、まるで気ままなふたり旅である。ユランはもちろん、アルフレッドもずっと顔が綻びっぱなしだ。

以前、宮廷での息苦しさから逃げだしたくなったとき、こんな日々を夢見ていた。飛竜を連れて自由に世界を旅する夢を。

今はそこに愛するユランも加わっている。こんなに素晴らしいことはない。

そうして間もなく王都へ到着する五日目の朝。野営から目を覚ましたアルフレッドは清々しい空気を胸いっぱいに吸い込んで、眩い朝日に目を細める。山々の稜線《りょうせん》は遥かに遠く、世界はどこまでも広い。

（……いっそこのまま、ふたりでどこかへ行ってしまおうか）

そんな願望が湧き上がるのも当然であった。

王宮に戻れば再び父を説得せねばならない。そのための証拠を集めるのに奔走《ほんそう》し、再びユランが勝手に追放されないよう気を張った生活が待っている。もちろん派閥争いも相変わらずだ。戦争が起これば戦いに赴き、自分の身を危険に晒しながら敵を倒す。王子として、将軍として、重い責任が双肩《そうけん》に圧《の》し掛《か》かる。

そんな自分の生活に煩わしさや虚しさを覚えることはあっても、本気で逃げだそうと思ったことはなかった。王子として生まれた以上、甘受《かんじゅ》すべき苦労だと理解していたからだ。

けれどアルフレッドは今、トリンギア王国の第二王子以外の人生を歩みたいと願ってしまった。このまま身分も立場も捨てて、ユランの手を取り、飛竜を連れてどこまでも逃げたいと。

何も持たぬただの人になって、ユランと慎ましくも温かい家庭を築けたらどんなにいいだろうと、胸が熱くなる。——けれど。

「アルフレッド様、スープが温まりました。いただきましょう？」

朝日を眺めていたアルフレッドに、ユランが後ろから声をかける。振り返ると焚き火で鍋を温めていたユランがカップに中身をよそい、それを差し出してきていた。

「ありがとう」

湯気の立つカップを受け取り、礼を告げる。温かいスープは冷えた手足にまで染み渡るように体を熱くし、心までも温めてくれるみたいだった。

いつかのユランの言葉を思い出す。

『私の国では敵を前にして怯むのは恥ずかしいことですもの』

つくづくと、なんと勇敢で厳しい言葉なのだろうと小さく苦笑が零れた。

（……ここで逃げたら、俺はユランの愛を裏切るも同然だ）

どんなに現状が厳しくとも立ち向かわねばならない。それが、勇気を信条とするユランを愛する最低条件だ。彼女に憶病な背中など見せられるわけがなかった。

（俺はトリンギア王国第二王子で王国竜騎兵団将軍だ。その責務には真っ向から立ち向かう）

ユランへの愛と王家の矜持《きょうじ》が、アルフレッドの行く先を決めた。向かうのは峰の向こうに続く旅路《たびじ》ではなく、責務と国民の待つ王都だ。

「アルフレッド様、チーズも焼けました。ほら、パンに挟んで食べて食べて」

枝にチーズを刺して焼いていたユランが、それを堅パンに挟んで手渡してくる。アルフレッドは礼を告げて受け取り、彼女を見つめて目を細めた。

「……ユラン。この先どんなことがあっても俺は決して逃げない。逃げることなく、お前を愛し続けると誓う。必ず」

ふいに愛を告げてきたアルフレッドに、ユランは驚いてチーズを落としてしまうところだった。

慌てて溶けたチーズをパンでキャッチし、ユランはそれはそれは嬉しそうに頬を染める。

「私もです！　私もどんなことがあってもずーっと、絶対にアルフレッド様を愛しています」

出会ったときから変わらない直球の愛を、アルフレッドは尊くさえ思う。

ダイヤモンドダストが煌めく朝の光の中、ふたりが焚き火を囲んで見つめ合っていたときだった。

フッと、頭上に陰が落ちた。

アルフレッドは瞬時に警戒態勢に入り、ユランの腕を引いてすぐ側の木陰に飛び込む。

「なっ、な――」

「しっ！　声を出すな」

驚いて叫ぼうとしたユランの口を咄嗟に手で塞いで、アルフレッドは息を呑み、雪の積もった枝葉の陰から上空を覗く。そこには信じ難いものが飛翔していた。

「……っ⁉　中級竜……⁉　しかも十頭だと？」

頭上を飛んでいったのは、翼を持つ中級竜の群れだった。あり得ない光景にアルフレッドはどっと冷や汗をかく。

中級竜は縄張り意識が強く、基本的に群れることはない。そもそも深い森や洞窟に棲《す》み滅多に人前には現れないので、多頭を目撃するなど初めてだった。

万が一あの群れが人里にでも下りたら大変なことになる。一頭だけでも凶暴で手に負えないのに、十頭など軍で制圧できるかも疑わしい。

しかも――。

「東へ向かっている……まさか、王都へ……？」

竜たちの向かう先が自分たちと同じだと気づき、アルフレッドは背を冷たくした。

いったい何が起きているのかわからないが、王都の、王国の危機だということだけは確かだ。

「珍しい。中級竜が群れで飛ぶなんて」

竜たちが遥か東へ飛んでいってしまったのを見て、木陰から出てきたユランが呟く。アルフレッドは青ざめながら急いで野営の荷物を片づけると、ユランの手を引きゴードンへ飛び乗った。

「すまない、少し飛ばすぞ。しっかり掴まれ」

そう言ってアルフレッドは今までと違い、ゴードンを最高速度で走らせる。来たときと同じように、ときには翼を使って川や村を飛び越えた。

「アルフレッド様……？」

彼の鬼気迫る様子に、ユランは不安を募らせる。そうして二時間ほど猛スピードで駆けたあと、アルフレッドはゴードンを急停止させた。

「ユランはここで降りろ。あそこの街に避難《ひなん》するんだ」

「え？　え？」

止まった先にはそこそこ大きな街の入り口が見える。昔の名残か、頑丈そうな砦もあった。

戸惑うユランが「何故？」と尋ねる前に、アルフレッドが口を開いた。

「さっきの中級竜は王都に向かっている。中級竜が群れで人前に現れるなど普通じゃない、嫌な予感がする。もしもに備えてユランはここに退避していろ。王都の安全がわかったら迎えにくる」

「ま、まさか!?」

ユランはビックリしてしまった。中級竜は凶暴だが、積極的に人間に戦いを挑むことは滅多にない。低級竜以外は基本的に人間と関わらない性質なのだ。中級竜が人の多い王都を襲うことなどあり得ないはずだった。

「中級竜といえどむやみに人を襲ったりはしません」

思わずユランは反論したが、アルフレッドは「だがあの竜たちは普通じゃなかった」と険しい表情で答えた。

「群れないはずの中級竜が十頭も連なっていたんだ。異常状態の可能性がある。……頼む、ここで待っていてくれ。安全だとわかればすぐに戻るから」

そう言うとアルフレッドはユランの体を抱きかかえ、ゴードンの背から下ろした。

ユランは咄嗟に「私も行きます！」と訴えたが、すぐに「駄目だ！」と却下《きゃっか》されてしまった。

「中級竜十頭は王国軍が総力を挙げても勝てるかわからない。危険なんだ。お前を危ない目に遭わせたくない。いい子だから言うことを聞いてくれ」

切羽詰まった様子で説かれて、ユランは眉を八の字に下げてしまう。ついていきたいのはやまやまだが、『いい子だから言うことを聞いてくれ』などと説き伏せられては、自分が我が儘で彼を困らせているようで、口を噤まざるを得なかった。

しょんぼりと黙ってしまったユランに、アルフレッドはチュッとキスをする。それは慰《なぐさ》めの口づけかもしれないし、必ず迎えにくるという約束の口づけだったのかもしれない。

「こちらのほうまでは襲ってこないだろうが、念のためなるべく安全なところにいてくれ」

そう言い残し、アルフレッドはゴードンに跨がると風のように速く行ってしまった。

残されたユランはしばらく途方に暮れていたが、やがて歩きだした。その先は近くの街ではなく、王都のある東だ。

「変なアルフレッド様。もし中級竜が暴れたとしても、危ないのは私じゃないのに」

人間体になったとて聖竜のユランにとっては中級竜は脅威ではない。彼が守ろうとしてくれる気持ちは嬉しいが、自分だけ安全な場所で避難しているのは違うと思った。

「アルフレッド様ったら、慌てていたから忘れてしまったのかしら。『私があなたを守る』って、以前申し上げたのに」

愛する人を危険に晒し自分は安全圏にいるなど、ヴィリーキイ一族の恥である。ユランは唇を尖らせ拗ねた表情を浮かべながらスタスタと歩いた。

やがて歩調はどんどん速くなり、ユランは白い雪に足跡を残しながら駆けだした。

猛スピードでゴードンを走らせた数時間後、アルフレッドが見たのはあちらこちらで火の手の上がっている王都の姿だった。

嫌な予感は的中してしまった。

街を燃やしているのは先ほど見た中級竜だ。十頭のうち七頭が王都の空を舞いながら炎を吹き散らし、残りの三頭はなんと王宮の屋根にとまっている。そのうちの一頭が前脚を宮殿の尖塔《せんとう》に掛け、メキメキと音を立てながらへし折っているところだった。

「父上……！」

壮麗《そうれい》な宮殿の一部が土埃を上げながら崩れる。それはまるで、人の作り上げてきた文化も芸術も竜の前では無力だと嘲笑われているようだった。

王都は大混乱で、人々は無秩序に逃げ回っている。アルフレッドは人混みを避けるようにゴードンを飛行させ、一目散に王宮へ向かっていった。

「あっ！　アルフレッド殿下！」

「殿下だ！　アルフレッド殿下がお戻りになったぞ！」

王宮の正門近くで喜びの声を上げたのは衛兵たちだ。どうやら宮廷官らを避難させていたらしい。

アルフレッドが「国王陛下は無事か⁉　状況は今どうなってる⁉」と急き込んで尋ねると、彼らは縋るような面持ちで現状を説明した。

「殿下、よくお戻りになってくださいました……！　二時間ほど前、中級竜が突然西の空から現れたと思ったら王都を攻撃してきて……意味がわかりません。皆逃げ惑うのに必死で指揮系統は混乱しております」

「城の兵士たちは第一、第二近衛部隊が国王陛下たちと宮廷官の避難と護衛、それ以外は王都で住民の避難誘導となっておりますが詳しいことは……。しかし竜騎兵団は中級竜の討伐《とうばつ》を検討しているそうで、比較的安全な南の広場に集合しているそうです」

焦燥が募る中アルフレッドは冷静に頭を働かせ、南の広場へ向かうことにした。父の安全や全体の被害状況も気になるが、己が今一番必要とされているのは間違いなく竜騎兵団の統率だ。

この国で唯一、中級竜の群れと戦える力。先陣に立ってそれを行使しなければならない。

「わかった。お前たちはこのまま王宮にいる者たちを避難させてくれ。それが済んだら市街地のほうへ。俺は竜騎兵団と合流する」

「殿下……！　よろしくお願いします、どうかこの国をお救いください！」

ゴードンの背に乗り駆けていくアルフレッドの後ろ姿は、衛兵たちにとって最後で唯一の希望に見えた。人間では到底歯が立たない中級竜の群れに、竜騎兵の英雄である彼なら勝てるかもしれない。いや、勝ってくれ。そんな祈りを籠めて、衛兵たちはアルフレッドの背を見送った。

「みんな！　すまない、遅くなった！」

南の広場には竜騎兵団員と飛竜たちが集っていた。とはいっても全員全頭ではない。集合の指示が届かなかった者や建物の倒壊に巻き込まれた者、混乱して逃げてしまった竜などもいるようだった。

それでも半数以上……二千余りの団員と飛竜が集ったのは、運がいいといえる。

「ああ、アルフレッド様！　お待ちしておりました！　必ずお戻りになってくださると！」

アルフレッドの登場に団員たちからは歓喜の声が沸く。彼らも門前にいた衛兵と同じ、いや、もっと強くアルフレッドの帰還を待っていたのだろう。

　彼らの声を聞いてアルフレッドの中に勇気が湧き上がる。ユランとの旅でこの国に背を向けたくもなったが、やはり自分はトリンギア王国の王子であらねばならないと痛感した。信じてくれる仲間を、飛竜を、国民を、裏切るわけにはいかない。

（この国は俺が守る。守らねばならない……！）

　燃え上がる闘志を秘め、アルフレッドは腰の剣を抜くと腕を高く掲げた。

「皆、待たせたな！　ここからは俺が指揮を執る！　目標は中級竜の討伐、トリンギア王国を守れ!!」

　アルフレッドが叫ぶと竜騎兵団が鬨《とき》の声を上げた。飛竜たちもそれに合わせるように戦いの雄叫《おたけ》びを上げる。

「俺と第一部隊、第二部隊は王宮の中級竜三頭を、残る部隊は市街地の七頭を！　市街地戦の指揮はベナール少尉に全権を託す！」

「はっ！」

　まずは兵団をふたつに分け、アルフレッドは直属の部隊をふたつ率いて宮殿へ向かった。敵に気づかれぬよう回廊の屋根伝いに接近し、奇襲をかける手筈《てはず》だ。

　建物に近づくにつれ、中級竜の恐ろしさがヒシヒシと伝わってくる。同じ竜なのに、低級竜の飛竜とは雰囲気が全く違う。

屋根の上の三頭は前傾姿勢で頭を下げ、グルルルと低い唸りを上げている。口から漂う奇妙な臭いは、炎を吐くガスの臭いだろう。鋭い爪が食い込んだ宮殿の屋根はボロボロと崩れ、ひと振りで人間を十人は吹き飛ばしそうな尾は辺りを警戒するように水平に揺れていた。

屋根の陰に身を潜めながら中級竜を見上げ、アルフレッドはゴクリと唾を呑む。当然、中級竜と戦うのは初めてだ。

竜が好きなアルフレッドとしては中級竜とて剣を向けるのは悲しいことだが、国が襲われてはそうも言っていられない。しかも相手は強敵だ。炎も、鋭い牙と爪も、巨大な尻尾も、一撃で命を奪う。おまけに竜の鱗は固く、眼《め》や口内、或いは逆鱗《げきりん》といった限られた箇所しか剣が通らないときているのだから、人間のほうが圧倒的に不利である。

そのときだった。宮殿の向かいにある礼拝所《れいはいじょ》の塔からドン！　という重い音が響いた。

何事かと思って視線を向けると、トリンギアの砲兵が塔から中級竜に向かって大砲を放っていた。どうやら竜騎兵たちのバックアップをしてくれるらしい。

「しめた！　感謝する！」

大砲は竜の鱗を壊すことはできなかったが、ふいのダメージによる隙を作った。中級竜たちが三頭とも塔に意識を向けている間に、アルフレッドたちは後方から一斉攻撃を仕掛けようとした。――ところが。

「ガァアアア!!」

竜騎兵団が今にも飛び掛かろうとした瞬間、三頭の竜が塔に向かって一斉に炎を吐く。その業火《ごうか》は赤と紫と緑の混じった奇妙な色をしていて、石造りの塔は燃え盛ることもなく一瞬で塵《ちり》になった。

アルフレッドと団員は目を瞠り固まる。

中級竜と戦ったことはなくとも、竜騎兵団に属する者はどの竜に対してもある程度の知識があった。中級竜以上は炎を吐くが、必ず予備動作が十秒から三十秒あること。炎は体内のガスを燃やしたもので、長時間の放出でなければ勢いは火薬に劣ること。等々……。

それらの知識を目の前で覆《くつがえ》した中級竜の攻撃に、その場にいた者は人間だけでなく飛竜までも恐怖に竦んだ。

「む、無理だ。勝てねぇ！　燃やされたくねぇ！」

団員のひとりがそう叫んで手綱を繰り、その場から逃げだした。恐怖が伝染し、団員も飛竜も次々に逃げようとして竜騎兵団は混乱に陥る。アルフレッドは「落ち着け！　指揮を乱すな！」と檄《げき》を飛ばしながら、横目で中級竜を観察した。

(さっきの炎はなんだ？　中級竜の目撃例の中にあんな炎を吐く報告は過去一度もなかった。それに中級竜が群れを成すのも、意味もなく王都を襲うのも変だ。……何かがおかしい。この竜たちは普通じゃない)

違和感を覚えながら観察していると、中級竜たちの目つきが奇妙なことに気づいた。左右の眼が落ち着きなく動き、同じ方向を向いていない。それにやけに呼吸が荒く、だらしなく開いた口からは唾液が垂れ流しだった。

(……？　病か？　何かに感染して行動がおかしくなっている？　……いや、これは病というよりも……薬……？)

そのとき、アルフレッドの脳裏にある記憶が甦った。

ドワイランド王国の悪事を調査しているとき、中級竜の売買の記録があった。竜との軋轢《あつれき》を避けるため、野生の竜は売買目的で捕獲してはいけないことになっている。しかし珍しいものを集めたがる金持ちはどの世にもいるもので、裏稼業の連中にこっそり大金を払い、中級竜のはく製を買うコレクターが稀にいた。

竜の闇取引にまで手を染めていたことにアルフレッドは呆れたが、その数と詳細を見て驚いた。――五頭。しかもはく製ではなく、生体。

一頭でも討伐に手を焼く中級竜を五頭も捕獲するなどあり得ない。大がかりな軍を以《もっ》てしても生きたまま五頭も捕らえるのは無理だ。そもそもそんな大規模な捕獲作戦が行われれば大陸全土に知れ渡るだろうし、第一警戒心の強い中級竜が五頭も姿を現すはずがなかった。

その五頭の竜が現在どこでどうしているかは不明だった。危険な取引だ、買い手も足がつかぬよう偽《にせ》の購入者を立てうまいこと姿をくらましている。

この件が気になったアルフレッドは、トリンギア王国の裏貿易を追うのとは別に調査を開始した。しかし究明を任せた調査員からは未だこれといった報告はない。

ただ、それとは別件で、ドワイランド王国の軍事施設の地下から大量の薬物が発見されたという報告があった。薬物の内容は調査中だが、大型の動物実験をした形跡が確認されている。

アルフレッドの中で未解決だった謎と、目の前の不可解な竜の状態が結びつく。

（まさか……中級竜を薬物で制御し、繁殖させたのか⁉ それだけじゃない、あの奇妙な様子から見て増強剤や興奮剤も使っている。……外道《げどう》が！）

脱走したドワイランド国王とその一派が、告発したトリンギア王国を逆恨みし中級竜をけしかけた――十分に考えられる動機だ。

アルフレッドは怒りで震える。凶暴とはいえ中級竜も敬愛すべき竜に違いない。それを己の欲望を満たすため残酷な手段で従わせ尊厳を奪い、あまつさえ逆恨みの道具に使うとは。

竜と、大陸一の竜国家であるトリンギア王国への、これ以上ない冒涜《ぼうとく》だ。

中級竜の想定外な炎の攻撃に困惑していたアルフレッドだったが、剣を強く握り直すと「うおおおお！」と雄叫びを上げて中級竜へ突撃していった。

（哀れな誇り高き竜よ。今楽にしてやる）

薬物のせいで自我を奪われ人間の道具と化した中級竜たち、その怒りと屈辱はどれほどのものか。尊き竜としての尊厳を奪われるぐらいなら、いっそ命を解放してやるのが慈悲だとアルフレッドは思った。

巧みな手綱さばきでゴードンを操り、アルフレッドは一頭に狙いを定めて向かっていく。狙うのは剥き出しになっている急所、眼だ。

接近するアルフレッドに気づいた三頭はすぐさま振り返り臨戦態勢に入る。頭を低くし口を開け、再び奇妙な炎をアルフレッド目がけて吐き出す。

しかし彼はそれを身軽に躱し、遥か上空へ飛んだ。敵を見失った中級竜たちが炎を吐くのをやめキョロキョロとしていると、剣を構えたアルフレッドとゴードンが彗星のように空から降下してきた。

剣が右眼に深々と刺さり、一頭の中級竜が叫びを上げる。アルフレッドは剣を手放すと暴れる中級竜の爪と尻尾を華麗に避け、屋根の下に隠れている自軍のもとへ戻った。

「やった！　お見事です！」

大将の一撃に団員たちが歓喜に沸く。アルフレッドは団員から新しい剣を受け取ると、鞘から抜きそれを構えた。

「怯むな。確かにあの炎は脅威だが、小回りが利く我々の機動力には追いつけない。まずは眼を潰し視界を奪え。正面からの攻撃は炎の的だ、必ず死角から討て」

中級竜の炎に怯え竦んでいた団員たちも、アルフレッドの雄姿を見て勇気づけられた。再び剣を握り、今度こそ強大な敵に挑む。

手分けをして、素早い飛行のできる団員が囮《おとり》となって中級竜の炎を引き付けた。その隙を縫って攻撃手が眼を狙い特攻を繰り返す。

熾烈《しれつ》な戦いが続くこと一時間。負傷し戦闘不能になった団員もいたが、ついに二頭の逆鱗を貫くことに成功した。

大きな音を立てて二頭目の中型竜が宮殿の屋根から落ち、遠くから見ていた兵士や市民たちからも大きな声援が湧く。

「あと一頭だ、攻撃の手を緩めるな！」

竜騎兵団の活躍に突き動かされ、避難の誘導を終えた兵士たちも続々と戦いに集まってきた。長槍やボーガンを用意してくれた者、大砲を使い陽動《ようどう》してくれる者、負傷者をすぐに介抱してくれる者……。おかげで戦闘が有利になり、残すは逆鱗へのとどめのみというときだった。

ギャオオオという凄まじい咆哮が迫ってきたと思ったら、新たな中級竜が飛んできて炎を吹き散らした。王都の市街地にいた竜が一頭こちらへやって来たのだ。

屋根の上にいた竜と死闘を繰り広げていたせいで新たな竜に気づくのが遅れた兵士たちが、一斉に炎に巻き込まれた。さっきまでの鬨が一瞬で悲鳴へと変わる。

「くそっ……！　こんなときに！」

間一髪《かんいっぱつ》で炎を躱したアルフレッドは上空から次の攻め手を捜す。新たに加わった中級竜は屋根の近くで羽ばたいており攻撃がしづらい。屋根の上で留まっていた三匹とは違う攻撃をする必要があった。……すると。

「助けて……助けて……」というか細い声が聞こえて、アルフレッドは耳を疑った。そしてまさかと思いながらホバリングしている中級竜を見ると、後ろ脚に子供が掴まれているのを見つけた。

アルフレッドのこめかみに汗が流れる。市街地で襲われかけていた子供が、そのまま連れてこられてしまったのだろう。

「総員！　攻撃目標を空中の竜に変更！　左後ろ脚に子供が捕らえられている！　脚を集中攻撃し子供を救い出せ！」

一般市民の、しかも子供に犠牲を出すのは一番避けたいことだ。アルフレッドの号令で兵士たちは攻撃目標を切り替え、空中の竜へと向かう。

しかし飛んでいる的には当然攻撃をあてづらい。ホバリングしていた中級竜は自分が狙われていると気づくと、翼を大きく羽ばたかせ上昇した。

小回りのような素早さは飛竜に分《ぶ》があるが、大幅な距離の移動はやはり大きな中級竜には敵わない。一気に引き離された竜騎兵団たちは上空へ向かって追いかけようとして、アルフレッドの「待て！　突っ込むな！」という指示でその危機に気づく。

足もとから追いかけてきた竜騎兵団に向かって、中級竜が炎を吐く。半分近い兵士が犠牲になり落ちていく中、アルフレッドは炎を躱しゴードンを上昇させた。

「うおおお！」

全身の力を籠めてアルフレッドは中級竜の左脚を突き刺す。硬い鱗に亀裂が入り、剣の切っ先が肉に埋まった。

中級竜は「ギャアッ」という悲鳴を上げて脚の指を開いた。宙に放り出された子供をアルフレッドはすかさず受けとめ、自分の前に座らせる。

「もう大丈夫だ。すぐに地上に下ろしてやるからしっかり掴まっていろ」

助けられた子供が安堵に「うん！」と微笑んで振り返ったときだった。脚を刺されて痛みに暴れていた竜の尻尾が、アルフレッドに襲いかかる。

咄嗟に躱したが、尾の先がアルフレッドの頭を掠めた。しかしそれは掠めただけでも十分な威力を持っており、彼の体は衝撃で吹き飛ばされた。

「アルフレッド様ー！」と叫ぶ子供の声が遠ざかる。多くの兵士たちが見ている前でトリンギア王国の希望の英雄の体は宙を舞い、そして遥か上空から地上目がけて落下した。

竜騎兵たちが受けとめようと飛竜で駆けたが、先の炎の攻撃で体勢を崩していたせいで間に合わない。成す術もなくアルフレッドの体が落ちていき、宮殿の屋根に叩きつけられようとした瞬間――ブーゲンビリアの花が風に舞い、軽やかにそれを抱きかかえた。

そこにいた誰もが目を疑った。兵士も、子供も、飛竜も、中級竜さえ。

「あー危なかった！　アルフレッド様、ご無事ですか？」

地面から三階建ての王宮の屋根まで一足飛びにジャンプしたのは可憐なブーゲンビリアの花……ではなく、同じ色の髪を持つ小柄な女性だった。

兵士たちは人間離れしたその脚力と、遥か上空から落ちてきたアルフレッドを易々と受けとめた腕力に度肝を抜かれている。そして飛竜たちは待望の姫君の勇ましい登場に胸震わせ、中級竜は初めて目にするヴィリーキイ一族の威圧感に本能で恐怖した。

「ユ……ユラン……？　何故ここに……」

頭を打たれた衝撃で朦朧《もうろう》としながら、アルフレッドは信じられない気持ちで目を見開いた。ユランは少し怒った様子で眉を吊り上げ、彼を腕に抱えたまま屋根からジャンプして下りる。

「何故って、アルフレッド様が私を置いていっちゃったから追いかけてきたに決まってるじゃないですか！　もうっ、ずっと一緒にいてくださるって仰ったのに！」

頬を膨らませるユランは、怒っていても愛らしい。しかしそれは今この血生臭い戦場にはあまりにも似つかわしくなく、誰もが彼女に注目したまま唖然としていた。

「だ……誰だ？　あの女は」

「ん？　あの娘……以前練習場に裸で侵入していた娘ではないか？」

「本当だ。ではあの娘が例の、アルフレッド様がご寵愛されているという噂の……」

「どうしてこんなところに？　というかさっきの跳躍力はなんだ？　見間違いではないよな？」

　団員たちが潜めた声でざわついていると、アルフレッドを抱えたユランがツカツカとやって来た。一瞬ビクリとした彼らに、ユランは「竜騎兵団の方ですね？」と尋ねる。その姿はやはりどう見ても愛らしい少女で、それなのに細腕で軽々アルフレッドを抱えているという事実に、団員たちは頭を混乱させたまま「は、はい」と頷く。

「アルフレッド様を少しお願いしてよろしいですか？　頭を打ったみたいだから、あまり動かさないほうがいいと思って。治療をしてさしあげて」

「えっ。あ、ああ。わかった。こちらへ」

　団員は数人がかりでアルフレッドを抱え、安全そうな屋根の下へ運ぶ。とはいっても中級竜は襲いかかってはこないものの、ずっとユランを目で追っているのだが。

「ユラン、ここは危険だ。早く避難を」

　血の滲む側頭部を手で押さえながらアルフレッドが言えば、ユランはプルプルと子犬のように首を振った。

「もう避難は結構です！　それより、あの子たちに巣に帰るよう言ってきますから、アルフレッド様はここで治療を受けていてください。またいなくなっては嫌ですよ」

腰に手をあてプンプンとそう言い残して、ユランは背を向けると再びヒラリと屋根に飛び乗った。やはりどう考えてもおかしい跳躍力に、団員たちの目が点になる。

そしてさっきとは別の緊張感が漂う中、ユランはまだ屋根の上に残っている中級竜と、片脚を斬られたままホバリングしている中級竜に向かって叫ぼうとした。

「ギャ……っと。んっ、んんっ」

うっかり竜語で喋ってしまいそうになって、ユランは咳払いで誤魔化す。咳払いはアルフレッドの癖だが、いつの間にかうつっていたようだ。

それからどうしたものか少し考え、近くを飛んでいたゴードンを呼び寄せると背にいた子供を降ろしてから、ゴードンに竜語で耳打ちした。

「あの二頭に、巣へ帰りなさいって伝えて。それから、アルフレッド様を傷つけて私がとっても怒ってるって」

「え～……、聞いてくれるかな。なんだかあの竜たち様子が変で」

「聞かなかったら私がもっと怒るわよって伝えて」

ゴードンも中級竜の様子がおかしいことに気づいていたようで、彼らを説得できるか不安そうにしながらもパタパタと飛んでいった。

ゴードンから降ろされた子供は側でその様子を見ていて、目をパチクリとしばたたかせている。

「お姉ちゃん、竜とお話しできるの？」

竜と内緒話をしていたユランの姿は、そうとしか見えないだろう。しかしユランは
「まさか！」とぎこちなく笑う。

「それよりここは危険よ。地上へ下りたほうがいいわ」

正直者で嘘がつけないユランは慌てて誤魔化し、有無を言わさず子供を抱えて地上へ置いてきた。

上空を見上げると、中級竜二頭が唸りながら困惑していた。ゴードンがギャアギャアと吠えてユランの命令を伝えているのだが、従うか従わないか葛藤しているようだ。竜がヴィリーキイ一族の者の命令に背くなどあり得ない。ユランもさすがに何かがおかしいと思い、小首を傾げる。

（変ねえ、酔っ払っているのかしら？　やっぱり私が直接言わなくちゃ駄目かしら？）

そのときだった。

ギャアッ！　という吠え声と共に、奇妙な色の炎が宮殿を襲った。人々の悲鳴より早く宮殿の屋根が燃え上がり、崩れた瓦礫《がれき》が降ってくる。辺りは一瞬で阿鼻叫喚《あびきょうかん》の様相を呈《てい》した。

「ちょっともう！　何⁉」

危うく服を焦がすところだったユランが怒って振り返ると、そこには新たに三頭の中級竜が飛んでいた。城下町にいた竜がこちらへ来たようだ。さらには残りの三頭もこちらへ向かって飛んできている。

街を破壊して興奮したのか、様子がさらにおかしい。忙《せわ》しなく動く眼は焦点があっておらず、ユランを映しているはずなのにまるで見えていないようだった。

「ギャオオオン！」

新たにやって来た中級竜たちは雄叫びを上げて好き勝手に暴れ回った。無尽蔵《むじんぞう》に炎を吐き、体当たりをして宮殿を破壊し、辺りにいた竜騎兵たちを尻尾で薙ぎ払う。

ついに八頭も集ってしまった中級竜を見て、その場にいた竜騎兵団たちは絶望の表情を浮かべた。見境なく暴れる竜たちはもはや災害の権化《ごんげ》で、辺りは瞬く間に火の海と化し、瓦礫の雨が降り注ぐ。団員は逃げ惑うのに精いっぱいで、もはや戦うという次元ではない。

仲間に触発されたのか、動きを止めていた残りの二頭も再び暴れだし、トリンギアの宮殿はもはや一方的に破壊され尽くすのを待つのみであった。

「ちょっと！　やめなさい！　みんなが危ないでしょう！　コラ！」

ユランは叫ぶが中級竜たちは全く聞き入れない。むしろ何も聞こえていないようだ。

（ああもう、人間の言葉じゃ駄目だわ！　竜語じゃないと）

苛立ちを覚えながら辺りを見回し、ユランが思いきって竜語で叫ぼうとしたときだった。一頭の中級竜が尻尾を振り回し宮殿の壁を大きく破壊した。

耐久性を失くした宮殿の西棟が轟音《ごうおん》を立てて崩れていくのを見て、ユランの時が止まる。あそこには、あの屋根の下には――アルフレッドがいる。

「駄目ぇぇええっ!!」

ためらう暇はなかった。どんなに強靭《きょうじん》な脚力と腕力があっても、小さい人間の体では大きな倒壊は防げない。ユランは己の全てを解放し、その力を遂行する必要があった。

人々はその瞬間、神の御業を見た。

辺りを覆っていた業火が一瞬で浄化され、暴れ回っていた中級竜は時が止まったかのように動かなくなった。倒壊した宮殿が立てた凄まじい砂埃の中に、美しいピンク色の鱗を纏った巨体が見える。

宮殿の下敷きになるのを覚悟して目を瞑っていたアルフレッドは、自分の上に石つぶてひとつ落ちてこないことに気づき、そっと瞼を開いた。

曇っていた空の隙間から日が差し、光を反射するキラキラした美しい鱗が目に映る。それは、最愛の女性の髪と同じブーゲンビリアの花の色をしていた。

「アルフレッド様、お怪我はない？」

「……ユラン……？」

小山のように大きな竜が、半身で崩れた宮殿を支え、覆い被さるようにアルフレッドを守っている。

目の前にあるのは荷馬車より大きな瞳、船も丸呑みできそうな口、柱のような牙。まごうことなき竜なのに、アルフレッドはそれがひと目でユランだとわかった。

「な……なんて大きな竜だ……中級竜の十倍はあるぞ」

「まさか……聖竜……？」

「聖竜⁉　もう千年以上人前に姿を現していないという伝説の⁉」

「いや、あの竜……見たことがあるぞ。以前戦場で目撃されたのと同じだ。ピンク色の鱗で、戦場近くの森から飛び立つのを何人もの兵士たちが見たぞ」

「そうだ、あのときの聖竜様だ！　ずっと我々を見守り、王国の窮地を救いにきてくださったんだ！」

呆然としていた団員たちがざわつき、やがて驚嘆の声は聖竜を称える声になっていく。

「聖竜様！　我らの守り神、聖竜様！」

「聖竜様万歳！　トリンギア王国万歳！」

嵐のような称賛を浴びながら、ユランは「よいしょっと」と支えていた宮殿を人のいない場所に退《ど》かすと、顔だけクルリと上向かせて叫んだ。

「あなたたち、巣に帰りなさい！　もうこんなことしちゃ駄目よ！」

それは竜の咆哮にも、人の言葉にも聞こえる不思議な音だった。

様子のおかしかった中級竜たちはそれを聞いてハッとすると、ブルブルと頭を振った。視点がしっかりと定まり自我を取り戻した顔をしている。人間の作った薬の効果など、所詮竜の王族が持つ絶対的な支配力の前では吹き飛ぶのだ。

中級竜たちは尻尾を丸め頭を伏せてギャアギャアと何度か鳴くと、皆で南の空へと飛び去っていった。

「『ごめんなさい』ですって」

国家壊滅《かいめつ》の危機が去ったことに、団員たちも街にいた兵士や市民も喜びの歓声を上げた。聖竜を称える声はますます大きくなっていく。――しかし。

「……ユラン。お前は……本当のお前は……」

アルフレッドは震えながら手を伸ばす。

その手に顔を擦り寄せようとして……結局やめてユランは後ろ脚で立ち上がりアルフレッドと向かい合った。

「今まで黙っていてごめんなさい。私、本当は竜だったの。人間の女の子じゃないんです。大きくて、強くて、ちっとも可愛くない竜なの」

ユランのトパーズのような瞳から、大粒の涙がボタボタと落ちる。それを前脚で拭って、ユランは悲しそうに笑った。

「こんなに大きくちゃ、もうアルフレッド様とダンスができないわ。私、アルフレッド様とケッコンできなくなっちゃった」

泣いている王女を心配しているのか、飛竜たちが周りに集まってきた。ギャアギャアと鳴く声は懸命に慰めてくれているが、ユランは静かに首を横に振った。

「ごめんなさい、アルフレッド様。愛してると言ってくださったのに、口づけもできない女の子でごめんなさい。……今までありがとうございました」

キラキラと輝く涙を最後にひと粒落として、ユランは背中の羽を羽ばたかせた。巨体がフワリと浮かび上がり、辺りに大風が起こる。

「ユラン、待て！　俺はお前のことを――」

飛ばされそうになる突風に抗《あらが》いながら、アルフレッドは叫んで手を伸ばす。けれどもその指先が、彼女に届くことはなかった。

「さようなら。いつまでも愛してます、アルフレッド様」

そう残した声は、アルフレッドがユランと出会ってから初めて聞いた悲しくて切ない声だった。アルフレッドは目を瞠り「ユラン‼」と声の限りに叫ぶ。

しかしその叫びが彼女を留まらせることはなく、夕陽に照らされた鮮やかなピンク色の巨体は、南の空へと飛び去っていった。


「うっ……ううッ、うわぁあああん！　アルフレッド様ぁ～！」

大空を飛びながらユランは大声で泣いた。

あまりにも大泣きするものだから溢れた涙はボトボトと地上に落ち、一部の地域に謎の水たまりを幾つも作ってしまった。

ユランは悲しくてたまらない。こんなに痛くてつらくて苦しい気持ちがこの世にあるなど知らなかった。知りたくなかった。

アルフレッドのことを深く愛し、彼もまた愛を返してくれて、夢のような時間だった。この世に生まれてきてよかったと全身全霊で思えた。だからこそ失ったことがつらすぎる。

けれどユランは去るしかなかった。竜と人が結ばれることはできないのだから。もう彼と口づけることも、ダンスをすることも、手を繋ぐことすらできない。人間と竜は何もかも違いすぎる。

怖くて聞くことができなかったが、アルフレッドは竜になったユランを見たとき何を思ったのだろうか。大きな生物に対する本能的な恐怖かもしれない。或いは神々《こうごう》しい聖竜に対する畏敬の念か。けれどそれは、どちらもユランが彼に望む気持ちではない。

ひとりの女の子として見てほしかった。可愛くて等身大の恋の相手として。

人間の姿を失った今、もうその願いは二度と叶わない。

その事実を噛みしめ涙を零しながら飛んでいると、ふと眼下の港から船が一艘出港するのが見えた。甲板に見覚えのある顔を発見してユランは「ん？」と目を眇める。

「急げ！　急いでトリンギアから離れるのだ！」

「どういうことですの、お父様！　あんな役立たずの竜なんか揃えて、結局アルフレッドひとり始末することもできなかったじゃないですか！」

「ワシとて想定外だ！　まさかトリンギア王国が聖竜の加護を授かっていたなんて」

黒い外套を羽織って操舵手の側で喚き合っているのは、壮年の男と年若い女だ。男のほうは知らないが、女の顔はよーく知っている。

船には巨大な貨物の箱が十個積まれている。ユランはそれを見て、トリンギアを襲った中級竜を誰が運んできたのかを察した。

「はは～ん、そういうことね。私知ってるわ、悪いことをして罰を受けたのに仕返しするのを〝逆恨み〟っていうのよ。コレットとサビーヌに教わったんだから」

懲らしめてやろうかと考えていると、後方からギャアギャアとけたたましい竜の鳴き声が聞こえた。振り返ると先ほどの中級竜が数頭、こちらへ向かってきている。皆、怒り心頭といった表情だ。

「いたぞ！　あの人間だ！」

「やっちまえ！」

中級竜たちはドワイランドの船を見つけると急降下し、その勢いのまま突っ込んでいく。ドワイランド国王とカトリーヌは恐怖に引きつった顔で目を見開き、悲鳴を上げる間もなく船は転覆《てんぷく》した。

ユランは「あらまあ」とそれを見ていたけれど「これでもう二度と〝逆恨み〟もできないわね」と呟くとスッキリした顔をして南の空へ飛び去っていった。中級竜たちも満足したようにギャアギャアと鳴きながら去っていく。

アルフレッドと別れた悲しみは癒えないが、彼に意地悪をする人間が成敗《せいばい》されたことに、ユランは少しだけ気持ちを安心させたのであった。


――それから一年後。

「ユラン様、たまにはお外に出ませんか？　冬の渡り鳥が見られますよ」

シーシルがソワソワと心配そうに尋ねる。お気に入りの洞穴で丸くなっているユランは顔を上げることもなく、「いい。出たくないの」と覇気《はき》のない声で答えた。

まるで萎《しお》れてしまった花のような主を前に、シーシルも「そうですか……」としょんぼりと肩を落とし去っていった。

あれから故郷の島へ帰ってきたユランは、家族に慰められながらも泣いて泣いて涙が枯れるかと思うほど泣いて、それからかつての明るさが嘘のように元気を失くしてしまった。

食事の量も以前より遥かに減り、何も口にしない日もある。あんなに島の外へ出るのが好きだったのに、今では島どころか洞穴に引きこもったままだ。

一日中ぼんやりとしているか浅い眠りに揺蕩《たゆた》っているかで、目が覚めると時々静かに涙を流した。

家族もシーシルもとても心配したが、ユラン自身にもどうしようもなかった。心にぽっかりと大きな穴ができて、そこへ元気がどんどん吸い込まれてしまうみたいだ。何もする気が起きず、何を見ても心が動かず、食事すら億劫《おっくう》で苦痛に感じる。自慢だった鱗も、砂浴びをしていないのでくすんでいる。

ただ無気力な時間を過ごし、時々アルフレッドとのことを思い出しては泣いた。

彼と過ごした時間は煌めいていて色褪《あ》せない宝物なのに、思い出すと胸が苦しくて痛くて耐えられない。こんな結末でも恋をしてよかったと胸を張りたいのに思い出を振り返ることもできず、そのことがユランは悲しかった。

（……アルフレッド様……ご健勝でいらっしゃるかしら……）

彼の顔を見られなくなってから一年が経つ。長命な聖竜にとって一年は短いが、短命な人間にとっては貴重で長い時間だ。もしかしたらこの一年でアルフレッドは結婚をしたり子を成したりしているかもしれない。そんなことを思ってますます悲しくなる。

「うう……アルフレッド様……」

アルフレッドに会いたい。凛々しい彼が顔を綻ばせる瞬間が見たい。海のように青い瞳に見つめられたい。力強い手で抱きしめられて、一緒にダンスを踊りたい。不器用な刺繍に眉尻を下げて笑って、『頑張ったな』と褒めてもらいたい。逞しい腕に抱き竦められて口づけがしたい。『愛してます』と伝えたい。『愛してる』と囁かれたい。

「わ〜ん！　アルフレッド様ぁあ！」

想いが溢れ出して、ユランは声を上げて泣いた。

今でも彼のことが好きで好きでたまらない。忘れるどころか、日々想いは強くなるばかりだ。

きっと百年経っても二百年経っても、この気持ちは変わらないに違いなかった。

「……ユランは大丈夫なのか」

号泣《ごうきゅう》しているユランの様子を、岩壁の陰からこっそり窺っていた父のタランタが呟く。

「失恋とは大変つらいものだと耳にしたことがあります。乗り越えるにはきっと時間がかかるのでしょう」

一緒に様子を見ていたティアマトも、心配しつつそう答えた。

「可哀想なユラン。見ていられないわ」

「お日様のように明るかったあの子が、あんなに元気を失くすなんて」

「やっぱり人間になんてなるべきじゃなかったのよ」

「全部忘れられればいいのに。魔石様にお願いして記憶を消してあげられないかしら」

同じく姉たちも口々に妹の心配を零す。家族は皆ユランを案じていたが、どうすることもできない。慰めの言葉も励ましの声も届かず、見守ることしかできないのがもどかしかった。

そのときだった。しんみりとユランを見守っている家族のもとへ、シーシルが「た、た、大変です～!!」とドタドタ駆けてきた。

「なんだ、こんなときにやかましい」

タランタは眉間に皺を寄せて振り返ったが、シーシルはドタバタと前脚と後ろ脚を動かして「大変です大変です一大事です！」と繰り返す。よっぽど慌てているようだ。

そして迷うようにキョロキョロとユランとタランタを見てから、声を潜めてタランタに告げた。

「あ、あの人間が……トリンギア王国のアルフレッド王子が島へやって来ました……！　聖竜の王にご挨拶をと申しています」

タランタと耳をそばだてていた家族たちは一瞬目を点にしたあと、「なんだって⁉」と飛び上がるほど驚いた。それから慌てて手で口を押さえ横目でユランの様子を窺ってから「……わかった。ひとまずユランには黙っていろ」と小声で命じた。


「驚きだわ。こんなところまで何しにきたのかしら？」

「そりゃあやっぱりユランに会いにきたんじゃないの？」

「でもユランじゃなくお父様に挨拶を申し出ているんでしょう？　別の用事かもしれないわ。第一ユランはこの島のことを話さなかったって言ってたじゃない。きっと偶然の別件よ」

「だとしたら嫌ね。人間が聖竜の島へ来るなんて前代未聞よ。何を企んでいるのかしら」

四人の娘がワイワイと背後で喋るのを聞きながら、タランタは大股でドスドスと歩いた。その歩調には怒りが滲み出ている。

「タランタ様、どうぞ冷静に。ユランが慕った方です、悪い人間ではないはずですよ」

「何をぬかすか。ユランがあんなに落ち込んでいるのは、あの人間がたぶらかしたからではないか。そのうえこの島を見つけて乗り込んできただと？　人間如きが聖竜の島へ足を踏み入れるとは、とんだ不遜《ふそん》、傲慢、思い上がりだ。何が目的か知らんが消し炭にしてやる」

タランタはアルフレッドによい感情を持っていなかった。

ユランの恋がうまくいかなかったのは彼のせいではない、おろかなドワイランド国王の復讐《ふくしゅう》が招いた事故だとはわかっている。しかしそれでも娘が悲嘆に暮れる日々を見ていると「あんな男に出会わなければ」と恨みがましい気持ちが湧いてしまうのだ。

そのうえこのこと島に現れて、懐疑《かいぎ》的な気持ちが湧かないわけがない。ユランではなくタランタに会おうとしているところがまた怪しい。

「大方、聖竜が現存していることを知って、我らの力を軍事利用しようとでも考えたのだろう。それかこの島の金鉱脈が狙いか。手つかずの火山島には金が大量に眠っているからな」

タランタはすっかりアルフレッドを敵視している。鼻息荒くドスドスと歩く彼を、

「そんな決めつけず、まずはお話を伺いましょう」とティアマトが一生懸命宥めた。

洞窟の入り口まで来ると、タランタたちはまずは岩陰に身を潜めて外を窺った。

この島は岩場だらけで船が近づけない。海岸から離れたところに船を泊めボートで近づき、さらに崖を登って入ってこなければならないのだ。

遠目には大型帆船が見える。とても立派な船で、マストにトリンギア王国の紋章が描かれた旗を掲げていた。つまりこれは国を背負った正式な訪問であることを示している。

崖を上がった先には、三人の人間が立っていた。三人とも軍服を着た男だが、中央に立つ男はひと際身なりがいい。胸に幾つもの勲章《くんしょう》を飾り、肩から赤いサッシュを掛けた正装は王家の者である証だ。

そんな人間の服飾事情など全く知らぬタランタたちでも、中央に立つ男が王子アルフレッドであることはひと目でわかった。見るからに立ち姿の気品が違う。それに人間の美醜はわからぬが、黄金色に輝く髪と海色の瞳は美しく、ユランが彼に惚れ込んだのがなんとなく理解できる気がした。

「あれがアルフレッドという人間?」

「久しぶりに人間を見たわ、やっぱり小さいわね。息を吹けば飛んでいっちゃいそう」

「海に浮いているのが船ね。大勢で来たのかしら」

「この島に人間がよく上陸できたわね、全面絶壁なのに」

「よく見てください、飛竜を連れてます。あれに乗って上陸したのでしょう」

ペチャクチャと盛り上がる姉妹とシーシルに「煩いぞ！」と一喝し、タランタは耳を澄ませる。アルフレッドの前にはタランタの側仕えである二頭の上級竜が門番として立ち塞がり、彼らと言葉を交わしていた。

「人間め、ここがどこだかわかっているのか。聖竜のおわす島だぞ。互いの領分を守るというこの世の不文律《ふぶんりつ》を破るつもりか」

「不躾《ぶしつけ》であることは承知のうえです。それでも私はここへ来なければならなかった。どうか聖竜王陛下に謁見をお許しください」

「なんと不遜な。思い上がるな人間。貴様など我らがその気になれば瞬く間に四肢を裂けるのだぞ」

「聖域に穢《けが》れた足を踏み入れて無事で帰れるとは思っていません。覚悟のうえです。どうか聖竜王陛下に拝謁《はいえつ》を。それさえ叶えば私の四肢などどうなってもいい」

阻む上級竜を前にしても頑として退《ひ》かないアルフレッドを見て、タランタはしばし考え込んだ。勇気は竜にとっての美徳だ。強大な竜を前にしてもたじろがないその気高さには、敬意を払わねばならない。

どちらにせよ悪いことを企んでいたらこの場で始末すればよいだけだ。タランタは心を決めると岩陰から出て、アルフレッドのもとへと向かった。

ズシン、ズシンと地響きを立てて近づいてくる超巨体に、アルフレッドの護衛の兵士は顔を引きつらせ一瞬逃げ腰になる。

鈍色《にびいろ》の鱗に覆われた体は他の聖竜よりさらに大きく、威厳に満ち溢れている。深い丹色《にいろ》の瞳はマグマの結晶のようで、眼差しだけで焼き尽くされそうな迫力があった。五百年以上生きる美しき巨体は、存在そのものが畏怖である。

しかしアルフレッド本人は臆する様子も見せず堂々と王の登場を見つめ、タランタが目の前に来ると片膝を折り胸に手をあて、礼儀正しくこうべを垂れた。

「ヴィリーキイ一族の長、タランタ陛下でございますね。尊き竜の王にお目見え叶い恐悦至極《きょうえつしごく》に存じます」

竜の頂点に立つ王を目にしても臆さず礼節をもって接するアルフレッドに、タランタは内心一目置いた。なるほど、我が娘が慕うだけあって並の人間とは違うと納得する。

しかしそれと同時に警戒心も強める。臆さないということは勝算があるということだ。或いはもとより命を捨てる覚悟か。どちらにしろ目的を暴くまで油断はならない。

「私は西方大陸にありますトリンギア王国第二王子アルフレッドと申します。本日はタランタ陛下にお願いがあって参りました」

「聞いてやろう、話してみろ」

率直に要求を切り出したアルフレッドに、タランタはゆっくり頷いてから顎を上げる。よからぬ企みをしていたらこの場で薙ぎ払ってやろうと、尻尾をユラユラと動かして。ところが。

「聖竜の一族に、ユランという若き竜がおられると存じます。此度《こたび》は聖竜ユラン様にこのアルフレッドが結婚を申し込みたく、タランタ陛下のお許しをいただきに参りました」

「け……？」

タランタは目をしばたたかせた。

ユランがアルフレッドと想い合っていたというのは、ユラン本人から聞いていた。しかしそれは彼女が人間だったからである。竜の姿に戻ってしまった今、それが無意味で不可能であるからこそ、ユランは人間界を去り毎日泣き濡れて暮らしているのだ。

それなのに人間であるアルフレッドから求婚に来るなど意味がわからない。理解を超えたアルフレッドの言動に、タランタは訝《いぶか》しがるばかりだ。

「確かにユランは我の娘だ。……貴様のこともユランから聞いている。だがユランが今は竜であることは、貴様も知っているだろう。あれはもう人間にはなれないのだ」

まっとうな答えを返したと思ったのに、アルフレッドは引くどころかさらに驚くことを口にした。

「存じております。そのうえで私はユラン様に結婚を申し込みに参りました。互いの姿形が違っていても、子を成せなくとも、私はユラン様を愛しております。他の誰にも渡したくない。側にいて心を通わせ共に人生を歩みたいのです。トリンギア王国の第二王子として、そしてひとりの男として、ユラン様を我が妻に迎えたい。陛下、どうかお許しを」

岩陰から隠れて様子を見ていたティアマトたちは、これでもかというほど目を見開いてまん丸くした。シーシルは口までポカンと開いてしまっている。

人間が竜に、それも聖竜に求婚するなど前代未聞どころではない。有史以来初めての出来事だ。恐れ知らず、無謀、奇抜。そんな言葉を超えている。

「まさか、あの人間はユランを番にしたくてこの島を捜してやって来たの？」

「ええっ！　まさか！　きっと嘘よ！　そう言ってお父様を油断させて、何か別の目的があるのよ」

「そうよそうよ。だって人間が竜と番ってどうしようっていうのよ。きっとユランを戦争に利用しようとしているだけだわ」

「騙されては駄目よ、お父様！」

前代未聞の事態に姉たちは大騒ぎである。ティアマトはそんな彼女たちを「静かに」と宥めて、ジッとことの成り行きを見守った。

「信じ難いことですが、あの人間が勇敢にも聖竜王と対峙しユランへの結婚を申し出たことは確かです。……彼の勇気と誠意が本物かどうか最後まで見届けましょう」

窘《たしな》められた姉たちはそれに従い、アルフレッドに目を向ける。彼はタランタから僅かも目を逸らさず、その眼差しは戦場の英雄のように凛々しかった。

「……何が真の望みだ。ユランを連れ帰り聖竜の加護を笠に着て国の支配を強めるのか。それともそこの低級竜のようにユランを戦場へ連れ出すのか」

タランタは低く唸りを上げながら問う。到底まともとは思えない求婚に、利己的な企みがあるとしか思えなかった。

しかしアルフレッドはきっぱりと「違います」と否定する。

「私が望むのはユラン様と人生を歩むことだけです。聖竜と番うことが国益となりそれを陛下が懸念するのでしたら、私は王宮を去り、ただの男となってこの島で暮らしましょう。我が国の王もそれを認めております。すでにトリンギア王国はユラン様には返しきれない恩を受けております。これ以上望むことはいたしません。ただユラン様に愛と安らぎを捧げ続けることができるなら、それが私の幸せであり、トリンギアの民全ての謝意でございます」

「戯言を。人間はすぐに欲に溺れ裏切り殺し合う。人間の言葉など信じられぬ」

「もし私が陛下とユラン様のお心を裏切ることがあれば、そのときはどうぞこの身を火山に投げ込んでください。私も奸譎《かんけつ》な人間にはなりたくない」

一歩も引かぬアルフレッドに、タランタは口を噤んだ。彼の不退転《ふたいてん》の覚悟は本物だ。もし「そこまで言うのならここで四肢を切り捨ててみせよ」と命じたならば、彼は本当にやりかねない。

タランタとしてはそれでも構わないが、もしユランがこのことを知ったらますます嘆くだろうと思うと、命令は喉から先に出なかった。

タランタはマグマ色の眼でジッとアルフレッドをねめつける。アルフレッドも海を宿した瞳でタランタを見上げ続けた。たかが一国の人間の王子が聖竜の圧にも負けず、場には痛いほどの緊張が走る。――すると。

「だ、駄目よユラン！　今はこっちに来ちゃ駄目！」

「どうして？　みんなで何をしているの？」

「いいから洞穴へ戻ってなさい！」

「何があるの？　どうして私にだけ隠すの？」

岩陰のほうからワイワイと娘たちの声が聞こえた。どうやら外の様子がおかしいことに気づいたユランがやって来てしまったようだ。

タランタは焦る。今はまだこの男の言うことが本当かどうか信じられない。こんなときにユランをアルフレッドに会わせてますます傷つくことがあったらと思うと、どうしてもふたりを再会させたくはなかった。

「きょ、今日のところは帰れ」

慌てたタランタがアルフレッドにそう命じようとしたときだった。

「……ユラン……？」

今まで真剣な様相を崩さなかったアルフレッドの顔が、たちまち綻んで頬を薔薇色に染めた。厳しさを帯びていた瞳は、まるで星を見つけた少年のように感動と喜びに輝いている。

タランタは恋を知らない。聖竜には不要のものだからだ。けれどたった今目の当たりにしたアルフレッドのそれを見て、タランタはこれが恋というものかと理解した。

姉たちに止められ渋々洞穴へ戻ろうかとしていたユランの耳が、小さく呟いたアルフレッドの声を捉える。ユランは一瞬固まったように動かなくなり、それからゆっくりと海のほうを振り返った。

「……今、アルフレッド様のお声が……」

信じられない思いでユランの脚が震える。

姉たちが止める前にユランは走りだし、崖の前で父と対峙しているアルフレッドの姿を見つけた。

「嘘……夢……？」

生気を失くしていたユランの瞳がみるみる甦る。アルフレッドもユランの姿を双眸《そうぼう》に映し、言葉も紡げないまま立ち尽くしていた。

互いに見つめ合っていたふたりは何かを言おうと口を開きかけては噤み直し、先に満面の笑みを浮かべて言葉を発したのはアルフレッドのほうだった。

「……会いたかった」

その途端、ユランの涙腺《るいせん》が大決壊する。

泣いて泣いて枯れるほど泣き尽くしたはずなのに溢れる涙は止まらず、ユランは幼子のようにしゃくりあげて泣いた。

「あ、あ、ア、アルフレッド様ぁあ～！　会いたかった！　会いたかったです！」

ユランは彼に飛びつこうと駆けていき、すんでのところで止まった。この大きな体では抱きつけない。そのことに気がついて、自分が彼のもとを去った理由を思い出し、今度は悲しみの涙を流した。

「こんな体じゃ、こんなおっきな体じゃ、抱きしめてもらうこともできないわ」

あまりにも切なそうに泣くものだから、固唾《かたず》を呑んで見守っていた姉たちも駆け寄ってくる。姉たちとティアマトとシーシルに「泣かないで」と慰められていると、ユランはふと脚に温かな感触を覚えた。

「これでは駄目か？」

ユランの巨大な脚首を、アルフレッドが抱きしめている。

それを見てタランタも姉たちも目をしばたたいたけれど、ユランはゴシゴシと涙を前脚で拭って頭を屈めた。

「……抱きしめてくださるの？」

「そのためにここまで来た。約束しただろう、何があっても側にいると。迎えにきたんだ、ユラン」

「でも……でも、私は竜なのに？」

潤んだ瞳で見つめるユランに手を伸ばし、アルフレッドは彼女の顔を撫でる。人間の手にはとても収まりきれない大きな顔。鱗に包まれた肌は柔らかくはなかったが、それでもアルフレッドの眼差しは愛おしさに溢れていた。

「ユラン。俺は……お前のことを知っていた。人間の姿をして海岸に現れる前から」

「え？」

「あの嵐の海で微かに息を吹き返したとき、俺は見たんだ。花のように美しい鱗を持った竜が飛び立つところを。記憶がおぼろげでずっと夢だと思っていた。だがユランが本当の姿を現したとき確信した。あの海で俺を助けてくれたのは――ユラン、お前だったんだと」

突然告げられた真実の告白に、ユランは琥珀色の目を見開く。

明かせぬままだった秘密に、アルフレッドは自分で辿り着いていた。運命の幕開けとなった救出劇はまだ幕を閉じていない。

アルフレッドは頬を染めはにかんだ笑みを浮かべる。

「夢でなければあのときの美しい竜にずっと会いたいと思っていた。ユラン。恩人で俺の最愛の人。竜であろうと人間であろうと、あなたは美しい。愛らしくて魅力的でこの世界でただひとり、俺が番いたい姫君」

これ以上ない求愛だった。

飛び去ったユランを探し求め大海を何ヶ月も旅し、聖竜との結婚を国王と国民に認めさせ、ここまで追いかけてきた。何十倍も大きい体も、逞しい尻尾も鋭い爪と牙も、巨大でも愛らしい瞳も、ブーゲンビリアの花のような鱗も、アルフレッドは全部全部愛している。

「ア……アルフ、レッ……さま……」

感激とときめきでユランの体が震える。このまま天に召されても悔いはないと思うほどの幸福の中、アルフレッドはユランに顔を近づけると大きな口の中央にチュッとキスをした。

――竜と人でも口づけはできる。その事実にユランが胸震わせたときだった。

「っ⁉ な、何⁉」

「ユ、ユラン⁉」

ユランの全身が突然眩い光に覆われた。それは以前、魔石様のところで見たのと同じ、清らかな白い光だった。

島を覆わんばかりの光が放たれ、島にいた誰もが目を覆う。そして眩しさが収まったのを感じ瞼を開くと、そこには——ピンク色をした髪の、愛らしい人間の娘が立っていた。

「ユ……ラン……」

驚嘆の面持ちでアルフレッドは瞠目《どうもく》する。タランタや姉たちも、小さくなったユランを見て呆然としていた。

しかし誰より驚いているのはユラン本人だ。ペタペタと手で自分の顔を触り、全身を何度も見回し、アルフレッドの顔を覗き込んで瞳に映った自分の姿を確認した。

「き、奇跡ですわ。魔石様が仰ってた……」

呆然としながらそう口にしたのはシーシルだった。タランタたちはユランが魔石様の力で人間になったときのことを思い出す。

『せめて自在に竜にも人にもなれればいいのに』

『……大昔、私より以前に竜を導いた魔石によると、そのような者もいたそうです。しかし遥か昔すぎてその術はわかりません。奇跡だったのかもしれません』

確かに魔石は言った。大昔に自在に竜と人になれる存在があったと。それはきっと奇跡だったと。

「～ッ!!　アルフレッド様ぁ!!」

ユランはアルフレッドの胸に思いっきり飛び込んだ。小さな体をアルフレッドはしっかりと受けとめ、両腕で固く抱きしめる。

「ユラン……！」

「アルフレッド様、奇跡よ！　奇跡が起きたのよ！　あなたの口づけが私に奇跡を起こしてくれたんです！」

瞳を潤ませ嬉し涙を零しながら、ユランは最上の笑みを浮かべる。アルフレッドも感極まった笑顔で何度も頷き、ユランを強く抱きしめ頬を擂り寄せた。

喜び合うふたりを見つめながら、タランタはフッと口もとを緩める。その眼にさっきまでの厳しさはまるでなく、ただ娘の幸せそうな姿を穏やかに映していた。

「聖竜も魔石様も与《あずか》り知らぬ愛の奇跡、か……。もはや天の思し召しだな。天の意思ならば反対するわけにもいくまい。ユランはアルフレッド王子と番い、竜と人との新たな時代を作る存在なのだろう」

――世界はここに、大きな変革を迎える。

有史以来初めて竜であり人である存在が誕生し、竜の王が人との婚姻を認めた。

それは一頭の乙女が起こした奇跡。純粋でひたむきな恋が種族を超え、世界を巻き込んだ結末だった。

終章　乙女の奇跡

ユランとアルフレッドの盛大な結婚式が行われたのは、それから約半年後の夏だった。

トリンギア王国の大聖堂で執《と》り行われた式は厳《おごそ》かながらも壮麗で、ユランは念願の〝白くてヒラヒラした服〟を着ることができたのである。

アルフレッドが選《よ》りすぐりの服飾職人に作らせた婚姻用のドレスは精緻なレースの長いトレーンを有し、身頃には細かなダイヤを星のようにちりばめたもので、それはそれは見事にユランの清楚《せいそ》な美しさを彩《いろど》った。

のちに故郷の火山島でもユランは同じドレスを着てケッコン式を皆に見せたのだが、シーシルは「これがユラン様が繰り返し言っていた例の白い服なのですね」と違う意味で感動していた。

トリンギア王国では大聖堂での式のあと、大規模な祝賀パレードも行われた。竜の花嫁をひと目見たいと国内のみならず外国からも人が押し寄せ、馬車の通る大通りの沿道には溢れんばかりの人々が押し寄せた。

何せ世界の一大事、有史以来初めての聖竜と人との結婚式である。間違いなく歴史の大事件として残る結婚式を、誰もが見たいと望むのも当然であった。

しかしそんな激しい競争率の中、一般の観客だけでなく大臣らまで押《お》し退《の》けてパレードも式も最前列で観覧したのは、なんとオディロンをはじめとした厩務員たちとコレットとサビーヌである。

ユランに人としての生活を親切に教えてくれた彼らは、彼女にとって家族も同然の仲間だ。花嫁の家族ならば当然、最も近くでそれを見る権利がある。とはいえ、世紀の結婚式を大臣らを差し置いてかぶりつきで見られるなど、あまりにも恐縮すぎて皆随分と緊張していたが。

それでも厩務員たちもコレットらも、ユランが最愛の人と結ばれたことを心から喜び祝ってくれた。特にコレットとサビーヌは「よかったね、ユラン」と涙ぐんだだけでなく「私たちはユランが只者《ただもの》じゃないって見抜いてたんだから」と誇らしげだ。

アルフレッドは義理堅い。この王宮でユランに親切にしてくれた者には、それなりの見返りがあることだろう。もちろんユランは、これまでと変わらず皆との友情を育むに違いなかった。

あれから――アルフレッドがタランタの許しを得て人間となったユランをトリンギア王国へ連れ帰ってから、世界は大騒ぎだった。

聖竜が人前に姿を現しただけでも大事件なのに、それが人間の娘に化け、王子と愛し合い、さらには厄災《やくさい》を退《しりぞ》けて王国を救ったという神話のようなことが現実に起きたのだ。しかも話はそこで終わらず、消え去った聖竜を王子は追い求め、ついには花嫁として連れ帰ったのだから、世界中が沸き立たないわけがない。

ユランを神のように崇める者もいれば、ふたりのロマンスに酔いしれる乙女も大勢いた。トリンギア王国だけでなく世界中でユランに関する物語や考察の本が売られ、作曲家はこぞって曲を作り、あちらこちらの劇場で歌劇が上演された。

中級竜によって壊された宮殿跡には聖竜と王子の像が造られ、今や世界中から人が押し寄せる観光名所になっている。

あんなにユランの正体に拘《こだわ》っていたセザール王も、彼女が聖竜だと知って腰を抜かしたあと、不敬なことをしたと再三後悔しアルフレッドに深く詫びた。そして王国全体でアルフレッドに協力し、ユランに謝意を尽くすと決めたのだった。

王宮での派閥争いはもはや意味もなくなった。当然である。祖国の危機に剣を振るい、聖竜の加護を得ただけでもアルフレッドは救国の英雄だ。さらに聖竜を娶った彼を次の国王に据えない理由がどこにあろう。宮廷のみならず国民の支持はアルフレッド一択であった。

ジネットはハンカチを噛んだが、さすがに相手が悪い。エドガー王子がどんな大国の妻を娶ったとて、逆立ちしても敵わない。そもそも国の危機にただ逃げ隠れていただけのエドガーを誰が支持しようか。

長男のアンリ王子はもともと体が弱く王位継承には逃げ腰だったので、弟が王太子になることに諸手《もろて》を挙げて喜んだ。

あのときの戦いの副産品として、中級竜と戦ったアルフレッドはじめ竜騎兵団たちの雄姿が国民に大いに称えられ、竜騎兵団には入団希望者が殺到した。昨年の春からトリンギア王国では飛竜を二倍に増やし、竜騎兵団を拡大したという。トリンギア王国は今や名実ともにまごうことなき〝世界一の竜大国〟である。

結婚式のパレードで先導と護衛、それに馬車の牽き手を担ったのも竜騎兵団と飛竜だ。これ以上ふたりに相応しく、またトリンギア王国を象徴する祝典の整列はないだろう。

団員たちも飛竜たちも口々にふたりに祝いの言葉を贈り、胸を張ってパレードに参加した。

「飛竜たちが『おめでとうございます』ですって。アルフレッド様が笑顔で嬉しいって、みんな喜んでいるわ」

パレード用のオープン馬車に乗ったユランが、飛竜の言葉を訳してアルフレッドに伝えると、彼は嬉しそうに目を細めた。

「そうか、飛竜たちも祝ってくれているんだな。嬉しいよ」

長年の友である飛竜たちの言葉を知れて、アルフレッドは嬉しく思う。国民や団員からの祝福も嬉しいが、ずっと自分を支え励まし共に戦い続けてくれた飛竜たちのお祝いは、ひと際心に沁みた。

そんな彼を見てユランは思うのだ。アルフレッドこそ、人と竜の懸《か》け橋になる存在だと。

もしユランが愛したのが他の男性だったなら、きっと奇跡は起きなかったに違いない。竜を心から敬愛するアルフレッドだったからこそ、神様は彼をユランと番にさせようと思ったはずだ。

「アルフレッド様はやっぱり素敵です。私、あなたに恋をしてよかった」

しみじみと感じながら言えば、アルフレッドは「俺もだ。ユラン、あなたと恋ができてよかった」とユランの手を握りながら返す。

そしてふたりは見つめ合ったあと、国中の民が見つめる中、口づけを交わした。

沿道からはワッと歓声が上がり、人々はこぞって言祝《ことほ》ぐ。青空には祝福の花びらが降り注ぎ、夏の日差しに眩しく舞っていた。


その日の夜。

夫婦の寝室では胸を高鳴らせたユランがベッドの上で正座し、アルフレッドと向かい合っていた。

「人間の初夜というものをきちんと学んできました。体も綺麗に湯で洗ったし、準備万端《ばんたん》です。さあアルフレッド様、愛し合いましょう」

ユランは気合い十分だ。すでに人の生殖行為の知識は得た。アルフレッドと深く愛し合うことも、子を孕《はら》むことも、楽しみでしかない。

一方アルフレッドはというと、ユランと結ばれる喜びを抱えつつ、堂々とした彼女の宣言に苦笑を浮かべていた。

「言われなくとも今夜は存分に愛し合うつもりだが……もし痛かったり嫌だと思ったら言ってくれ。俺も今夜はうまくあなたを気遣えないかもしれない」

そう告げて口づけしてきたアルフレッドに、ユランは（痛い？　嫌？　そんなことあるはずないのに）と不思議がる。

学んだとはいえ、破瓜の痛みや愛撫《あいぶ》の羞恥をユランは知らない。

この夜ユランは未知の体験の連続に胸が破れそうなほど心臓を高鳴らせ、初めての痛みや快感に逃げだしたくもなったが、持ち前の勇敢さで耐えきり無事に初夜を終えたのであった。


――かくして。聖竜ヴィリーキイ一族の王女ユランは、名実ともにトリンギア王国の第二王子アルフレッドの妃となった。

竜と人との間に子は生まれるのかという世界中が注目する問題は、結婚式の半年後にユランが懐妊《かいにん》したことで解決した。

卵生ではなく胎生であり、子供は人間と同じように十月十日お腹で育った。ただし子は少々の鱗と尻尾を持っており、まごうことなく竜と人の子である。世界初の竜人の誕生だ。

レッディと名付けられたその男児は、母譲りの知性と腕力と勇気があり、それでいて人としての繊細な感性や父譲りの統率力も備えていた。

ユランは時々アルフレッドとレッディを連れて火山島へ里帰りをした。タランタ王も家族も皆、三人を歓迎したのは言うまでもない。特にシーシルはレッディの面倒を甲斐甲斐しくみて、「私は人間の子供のお世話もうまいみたいです」と妙な誇りを得ていた。

それから月日が経ち、アルフレッドは国王となってユランは王妃となった。トリンギア王国が聖竜の加護を得たことで大陸に於ける国家間の戦争は激減し、平和な時代が過ぎた。

さらに時は流れレッディが王位に就き、そのまた子供も、孫も、国を治めた。

トリンギア王家には代々英傑が多く、その身には竜の血が流れているという。それは伝説となり、神話となり、やがておとぎばなしになったのであった。

あとがき

こんにちは、桃城猫緒です。

このたびは『女嫌いの竜騎将王子は聖竜王女ただひとりと番いたい～私の正体は秘密ですが、助けた冷徹英雄から愛を捧げられています～』をお手に取ってくださり、どうもありがとうございます。

マーマレード文庫さんでは初めてヒストリカル（ファンタジー）を書かせていただきましたが、如何でしたでしょうか。楽しく読んでいただけたなら幸いです。

今作のヒロイン、ユランは私自身とっても気に入っている女の子です。小柄で可愛らしくて、ピンク色の髪をフワフワ揺らしながら身軽かつパワフルに動き回るユランは、書いていてとても楽しい主人公でした。人間体だけでなく竜の姿もお気に入りです。人間より遥かに強くて大きな竜が地響きをたてながらキャッキャしてるのは可愛いですよね（笑）。

根っから明るくて前向きで勇気があって、けれども乙女らしく恋に悩んで一生懸命で。見ていて元気が出るような、応援したくなるような女の子だと読者様にも思っていただけたなら、とても嬉しいなと思います。

そんな女の子の恋の相手に相応しいのはどんなヒーローだろうと考えたとき、やっぱり彼女に釣り合うほど勇気があって、ちょっと不器用だけど心根が誰より優しい王子様だなと考え、アルフレッドのキャラクターができました。

明るくて猪突猛進《ちょとつもうしん》気味なユランと、思慮深く真面目で一途《いちず》なアルフレッド。よい組み合わせになったのではないかなと思っております。

お気づきの方もいらっしゃると思いますが、この物語、童話『人魚姫』をオマージュしている部分があります。人魚姫ではヒロインは切なく美しい最期《さいご》を迎えましたが、この物語ではヒロインはライバルに負けない気概があるし、ヒーローは絶対にヒロインを幸せにする愛と根性があります。とても令和っぽいラブストーリーだなと我ながら思いました（笑）。切なく余韻の残る物語も好きですが、頑張って愛を勝ち取って幸せになる物語も大好きです。

今回、カバーイラストは天領寺《てんりょうじ》セナ様が担当してくださいました。キャラデザを拝見したときあまりにイメージピッタリで感動に打ち震えました……！　ユランがとにかく愛らしい！　ブーゲンビリア色の髪が綺麗で、天真爛漫な雰囲気が本当に魅力的です。アルフレッドも凛々しく美しいＴＨＥ・王子様！　という感じで、これまたイメージにピッタリです。カバーでは残念ながらお目見えしませんでしたが、竜バージョンのユランのデザインもありました。これがまたすごく可愛くて……！　個人的に竜大好きなので、デザインしていただけて嬉しかったです。

素晴らしいキャラデザをしてくださった天領寺セナ様に、この場をお借りして心よりお礼申し上げます。どうもありがとうございました！

そして今回も担当様はじめたくさんの方のお力があって当作品を読者様のお手もとに届けることができましたことを、深く感謝いたします。どうもありがとうございました！

最後に、この本をお手に取ってくださった皆様へ。どうもありがとうございました！　あなたに聖竜様のご加護がありますように。

桃城猫緒

マーマレード文庫

女嫌いの竜騎将王子は聖竜王女ただひとりと番いたい

～私の正体は秘密ですが、助けた冷徹英雄から愛を捧げられています～

2025年3月15日　第1刷発行　定価はカバーに表示してあります

著者　桃城猫緒　©NEKOO MOMOSHIRO 2025
発行人　鈴木幸辰
発行所　株式会社ハーパーコリンズ・ジャパン
東京都千代田区大手町1-5-1
電話　04-2951-2000（注文）
0570-008091（読者サービス係）
印刷・製本　中央精版印刷株式会社

Printed in Japan ©K.K. HarperCollins Japan 2025
ISBN-978-4-596-72682-7

m a r m a l a d e b u n k o